UN HOMBRE OSCURO Y PELIGROSO
CAROLE MORTIMER

Editado por Harlequin Ibérica.
Una división de HarperCollins Ibérica, S.A.
Núñez de Balboa, 56
28001 Madrid

I.S.B.N.: 978-84-687-7382-7
Depósito legal: M-34560-2015
Impresión en CPI (Barcelona)
Fecha impresion para Argentina: 25.7.16
Distribuidor exclusivo para España: LOGISTA
Distribuidores para México: CODIPLYRSA y Despacho Flores
Distribuidores para Argentina: Interior, DGP, S.A. Alvarado 2118.
Cap. Fed./Buenos Aires y Gran Buenos Aires, VACCARO HNOS.

Capítulo 1

Escondido entre las sombras de la noche. Oscuro, peligroso, un predador letal, sus brillantes ojos negros clavados en la mujer que, sin saber que era acechada, se movía por el dormitorio cubierta solo por una toalla. Incluso esbozaba una sonrisa, sin saber del peligro que la esperaba al otro lado de la ventana, en la oscuridad.

Elizabeth sintió un escalofrío por la espalda y, levantando la cabeza del libro, miró por la ventana, pensando que debería haber corrido las cortinas antes de irse a la cama. Pero, como la mujer de la novela, había creído que nadie podía verla por la ventana del segundo piso en aquella remota casa sobre los escarpados acantilados de Cornualles.

La marea debía haber subido, cubriendo la playa, pensó, al oír los golpes del mar contra las rocas.

Y tuvo que contener otro escalofrío mientras leía el siguiente párrafo del libro:

El pelo oscuro enmarcaba un rostro de duro y sensual magnetismo. Los intensos ojos negros se concentraron en el cuello de la mujer, donde podía ver el latido del pulso, la sangre corriendo por sus venas.

Tenía unos pómulos altos, marcados, una nariz recta, unos labios cincelados que ahora levantó para revelar unos incisivos puntiagudos mientras la mujer dejaba caer la toalla, revelando la perfección de su desnudez...

¡Zas!

Tan concentrada estaba en la descripción del predador atacando a la protagonista que el estruendo de un cristal rompiéndose en el piso de abajo hizo que Elizabeth lanzase un grito, agarrándose al libro que ya la tenía muerta de miedo.

¿Qué demonios había sido eso?

Había algo, o alguien, en el piso de abajo.

Alguien, seguramente. Elizabeth no creía ni por un momento que el intruso fuera un vampiro. La razón por la que le gustaban novelas como *Las sombras de la noche* era que los monstruos de esas historias eran cosa de ficción.

Pero el intruso que había entrado en la casa no era un monstruo ni un demonio, más bien un ladrón. Había habido varios robos en la zona recientemente y, sin duda, todos los malhechores en un radio de treinta kilómetros sabían que Brad Sullivan, el propietario norteamericano de la casa Sullivan, había muerto a causa de un infarto una semana antes.

Lo que esos ladrones probablemente no sabían

era que la doctora Elizabeth Brown había llegado allí quince días antes, contratada para catalogar la biblioteca del señor Sullivan durante el verano. Y que como no sabía qué hacer hasta que alguno de los parientes de Brad Sullivan se pusiera en contacto con ella, seguía en la casa esperando instrucciones.

¿Qué debía hacer?

¿Qué podía hacer?

La señora Baines, el ama de llaves de la casa Sullivan durante los últimos veinte años, vivía en un apartamento sobre los antiguos establos al que se había retirado una vez que le sirvió la cena, de modo que probablemente no sabía que alguien había entrado en la casa. Pero no había teléfono en su habitación y había dejado el móvil cargándose en la biblioteca…

El corazón de Elizabeth empezó a latir aceleradamente al oír más ruidos en el piso de abajo. Parecía una voz de hombre… con tono impaciente y agresivo.

Genial. No podía ser un ladrón normal, tenía que ser uno enfadado.

Muy bien, no iba a quedarse allí esperando que el hombre subiera a su habitación en busca de algo de valor para encontrarla escondida bajo las mantas. Ladrón o no, tendría que bajar y enfrentarse con él. Pero, evidentemente, no sin antes encontrar un arma con la que defenderse.

Colocándose el libro distraídamente bajo el brazo, Elizabeth salió al pasillo intentando no hacer ruido y tomó un pesado candelabro de bronce que encontró sobre una mesa antes de asomarse por la escalera para mirar hacia el vestíbulo.

Alguien había encendido una luz en algún sitio desde que ella se fue a la cama una hora antes.

La casa Sullivan era una mansión de tres plantas, originalmente construida dos siglos antes para una familia aristocrática, y desde el vestíbulo se abrían varias puertas. Todas estaban firmemente cerradas y no se veía luz por debajo, ni siquiera la de una linterna.

Elizabeth se inclinó un poco más sobre la pulida barandilla de roble y vio que la luz llegaba desde el final del pasillo. La cocina, seguramente. Aunque qué podría encontrar allí de valor un ladrón no tenía ni idea. Lo único que no era parte integral de la cocina eran el microondas y la batidora.

Claro que también había un bloque de afilados cuchillos sobre la encimera, recordó Elizabeth, alarmada. Y con cualquiera de ellos el ladrón podría hacerle un serio daño a la persona que se atreviese a perturbarlo.

«Cálmate», se dijo a sí misma, irguiendo los hombros. No iba a esconderse y que el ladrón se llevara lo que quisiera. Le gustase o no, y no le gustaba nada, tenía que enfrentarse con ese hombre y esperar que su presencia en la casa fuera suficiente para asustarlo.

Y si no…

No iba a pensar en lo que podría pasar si la situación se diera la vuelta. Ella era una mujer independiente de veintiocho años. Una mujer con un doctorado en Historia que había vivido y trabajado en Londres durante los últimos diez años. Dudaba mucho que un ladrón de Cornualles fuese la mitad de peligroso que algunos de los extraños con los que se había visto obligada a compartir el metro todos los días.

¿La escalera siempre había crujido de esa forma?, se preguntó, mientras empezaba a bajar al primer piso. Los escalones de madera crujían de manera tan alarmante que podría alertar al ladrón de su presencia antes de que estuviera preparada para enfrentarse con él.

—¡Maldita sea!

La exclamación había sonado en la cocina y cuando Elizabeth vio que la puerta estaba entreabierta se apretó contra la pared, mirando al hombre que se movía de un lado a otro.

Por supuesto, iba vestido de negro, ¿no vestían de negro todos los ladrones?

Elizabeth respiró profundamente, apretando el candelabro de bronce con la mano izquierda mientras con la derecha empujaba un poco la puerta antes de dar un paso...

—¿Quién demonios es usted?

Se llevó tal sobresalto al oír la voz tras ella, que el candelabro de bronce escapó de entre sus dedos...

—¡Ay!

Cayendo directamente en el pie del ladrón, que se dobló sobre sí mismo para tocar la bota sobre la que había caído el pesado objeto.

Elizabeth miró alrededor, buscando algo con lo

que defenderse, y enseguida se dio cuenta de que el ladrón estaba entre el taco de cuchillos y ella.

¡El libro! Había olvidado que lo seguía llevando bajo el brazo, pero lo agarró entonces y procedió a golpear al extraño en la cabeza con él.

—¡Pero bueno…! —el hombre se irguió para sujetarla por las muñecas—. ¿Quiere dejar de atacarme?

Elizabeth se quedó inmóvil, mirándolo con los ojos como platos.

¡Era el protagonista del libro que había estado leyendo!

Los mismos ojos negros, el mismo pelo oscuro, el mismo rostro esculpido de pómulos prominentes, nariz recta, labios firmes y mandíbula cuadrada. El mismo cuerpo alto y atlético, completamente vestido de negro…

¿El mismo predador?

Por primera vez en su vida, Elizabeth se desmayó.

—¡Bueno, menos mal! —exclamó Rogan cuando la pelirroja a la que había tomado en brazos para llevar al sofá del salón empezó a abrir los ojos.

Era una chica bajita, de unos veintitantos años. Tenía un rostro ovalado y una complexión de porcelana; pómulos delicados, nariz pequeña, labios generosos y una barbilla de duende… que podía levantar orgullosamente, como cuando lo había atacado en la cocina, primero con un candelabro de bronce y luego con un libro.

Cuando abrió los ojos, vio que los tenía de color azul cielo y rodeados de las pestañas más largas que había visto nunca.

La joven se sentó abruptamente en el sofá para mirarlo con la expresión de un cervatillo asustado.

–¿Por qué sigue aquí? –le preguntó.

–¿Por qué sigo aquí? –repitió él, incrédulo.

–Ha tenido tiempo de escapar cuando yo… cuando…

–¿Cuando se desmayó? –terminó Rogan la frase por ella.

–¡Desmayarme! –exclamó Elizabeth, indignada, aunque era verdad–. Bueno, es una reacción perfectamente normal cuando una es atacada por un ladrón.

Sí, esa barbilla podía levantarse en gesto de desafío cuando quería. Y su postura también denotaba indignación. Incluso en pijama.

A Rogan nunca le habían gustado demasiado los pijamas, ya que prefería que las mujeres con las que compartía cama no llevasen nada en absoluto. Pero aquella chica conseguía que algo tan poco favorecedor como un ancho pijama de algodón resultase más sexy que un camisón de seda.

Tal vez porque el tejido no escondía del todo las curvas que había debajo. ¿O podría ser que el pijama azul destacase el color de sus ojos? Fuera lo que fuera, su pequeña atacante era una chica muy sexy.

¿Pero qué estaba haciendo en la casa Sullivan?

–Perfectamente normal –repitió, asintiendo con la cabeza–. Salvo por dos cosas: primero, no soy un ladrón. Segundo, fue usted quien me atacó, señorita. Y la prueba está en el chichón que tengo en la cabeza y en el golpe que me ha dado en el pie.

Elizabeth sintió que le ardían las mejillas. Era cierto, lo había atacado. Primero soltando el candelabro sobre su pie y luego con el libro.

El mismo libro que él tenía ahora sobre la pierna, como si hubiera estado leyéndolo mientras esperaba que ella recuperase el conocimiento.

Qué apuro.

–Dudo mucho que a la policía le interesen mis esfuerzos por defenderme, considerando que es usted quien ha entrado en una casa que no es suya.

–Yo no estaría tan seguro. Por lo visto, algunos ladrones han recibido una compensación al ser atacados por los propietarios de las casas en las que habían entrado –dijo él–. Lo he leído en un periódico.

Elizabeth también había visto ese artículo y empezaba a cuestionar la cordura del sistema legal de su país.

–Aparte de que no podrían acusarme de nada – siguió el extraño.

–Pero…

–He abierto la puerta de la cocina usando la llave que estaba escondida en el tercer tiesto a la izquierda, en el alféizar de la ventana.

¿Qué llave bajo qué tiesto? Y sobre todo, ¿cómo sabía aquel hombre que había una llave bajo ese tiesto en particular?

–¿Ha estado vigilando la casa?

—¿Rondando a mi presa quiere decir? —bromeó él.

—Exactamente —Elizabeth lo fulminó con la mirada, angustiada al pensar que había estado vigilando los movimientos del personal.

—Esta casa está alejada de todo y no hay otra en muchos kilómetros. Además, la llave fue convenientemente dejada bajo un tiesto y no hay perro guardián. De hecho, no hay seguridad en absoluto. Al menos ninguna que esté activa en este momento.

—¿Y cómo lo sabe? —exclamó Elizabeth.

Era cierto, la alarma no había sido conectada desde que llevaron a Brad Sullivan al hospital una semana antes porque ni la señora Baines ni ella sabían cómo hacerlo.

—Los ladrones tienen que estar al tanto de los últimos descubrimientos tecnológicos —respondió él, encogiéndose de hombros.

—¿Va a marcharse sin llevarse nada o piensa esperar hasta que llegue la policía? Porque los he llamado antes de bajar —dijo Elizabeth, desafiante.

—¿Ah, sí?

—¡Sí!

Era una chica valiente, tenía que admitirlo.

Mostraba un gran valor ante la adversidad. Aunque dudaba mucho que un auténtico ladrón se hubiera parado a charlar y menos molestarse en llevar a una mujer desmayada al sofá.

—¿Sabía usted que cuando miente cierra el puño de la mano izquierda?

—Yo no… —Elizabeth no terminó la frase al ver

que tenía el puño cerrado–. ¡He llamado a la policía y llegarán en cualquier momento!

Rogan se echó hacia atrás en la silla y se cruzó de piernas totalmente relajado.

–Pues entones va a pasar usted un buen apuro.

–¿Yo? Es usted quien ha entrado aquí…

–He usado una llave, ¿recuerda?

–Porque sabía que estaba debajo de un tiesto. Eso no le da derecho…

–Tal vez debería usted considerar otra razón para explicar por qué sabía yo que la llave estaba ahí. Y también sería buena idea que antes de irse a la cama se entretuviera con algo menos… –el hombre tomó el libro y leyó el primer párrafo– gráfico es la descripción más amable que se me ocurre. No sabía que las historias sobre vampiros pudieran ser tan…

–¡Deme eso! –la fiera pelirroja le quitó el libro y lo escondió a la espalda–. ¿Va a marcharse o no?

–No –contestó Rogan.

Elizabeth arrugó el ceño, consternada.

–No querrá que lo detengan, ¿verdad?

Él volvió a encogerse de hombros.

–Eso no va a pasar.

–Cuando llegue la policía…

–Si llega la policía –la interrumpió él– le aseguro que no me detendrán.

Elizabeth lo miró, frustrada, sin saber qué hacer con aquel hombre; aquel ladrón que se negaba a marcharse. El hecho de que no hubiera podido llamar por teléfono era irrelevante; el tipo debería haber salido corriendo y no entendía qué hacía allí.

Pero entonces vio que tenía un papel de cocina manchado de sangre en la mano.

–¿Y cómo se ha cortado si no ha roto la ventana para entrar? –exclamó, con un gesto de triunfo.

–Se me cayó una botella de leche cuando la sacaba de la nevera y me corté con un cristal cuando intentaba recogerla del suelo.

Eso explicaba el golpe que había oído antes.

Aunque no la razón por la que aquel hombre estaba sacando una botella de leche de la nevera, claro.

–No esperará que ni yo ni la policía nos creamos esa historia, ¿verdad?

Rogan llevaba horas viajando. Horas tensas y agotadoras durante las cuales no había podido pegar ojo. En consecuencia, estaba agotado y sediento. Y por divertida que le resultara aquella chica, también estaba cansado de contestar a sus preguntas. Especialmente cuando la pregunta clave era qué hacía ella en la casa Sullivan.

De modo que se levantó, su expresión más impaciente cuando la pelirroja se echó hacia atrás como si fuera a atacarla.

–Prefiero una taza de té antes que beberme su sangre, no se preocupe.

–¿Se estaba haciendo un té?

–Pues sí. ¿Algún problema?

–Algún… para su información, yo leo esos libros para entretenerme –replicó ella, a la defensiva.

Rogan tuvo que sonreír.

–Por lo que he visto, yo diría que también le suministran ideas para sus fantasías sexuales.

Elizabeth se puso colorada hasta la raíz del pelo.

–¿Se puede saber quién es usted?

–Ah, por fin una pregunta sensata –suspiró Rogan, dirigiéndose a la cocina para tomar el té que sin duda ya estaría frío.

Y él pensando tomar una deliciosa taza de té antes de meterse en la cama...

–¿Y bien? –la pelirroja lo había seguido y ahora estaba en la puerta, con los brazos en jarras.

Rogan tomó un sorbo de té antes de contestar:

–¿Y bien qué?

–¿Quién es usted?

–Evidentemente, no soy un ladrón.

Elizabeth empezaba a darse cuenta de que era cierto. Un ladrón no se hubiera parado para hacerse una taza de té antes de robar la plata. O limpiar el suelo después de tirar una botella de leche. Y tampoco se hubiera molestado en llevar en brazos a una mujer desmayada. Y desde luego, no se pondría a charlar sobre el libro que esa mujer había estado leyendo antes de irse a la cama...

Qué vergüenza que aquel extraño, un hombre cuyos movimientos eran tan letales como los del predador de su libro, hubiera descubierto su debilidad por las historias de vampiros.

No solo le daba vergüenza, se sentía mortificada.

–¿Es usted pariente de la señora Baines? –le preguntó. Aunque no entendía qué podría hacer en la cocina un pariente del ama de llaves a esas horas.

Y el intruso debió pensar lo mismo porque la

miró con gesto burlón antes de responder con un seco:

—No.

—¿Va a decirme quién es o…?

—¿O qué? —el hombre se apoyó en la encimera, cruzando los brazos sobre el pecho—. A mí me parece más interesante saber quién es usted. O más bien, ¿qué demonios hace en la casa de Brad Sullivan?

Elizabeth, momentáneamente hipnotizada por los bíceps marcados bajo el jersey negro, se echó un poco hacia atrás.

—Yo trabajo aquí.

—¿Como qué?

—No es que sea asunto suyo, pero mi nombre es Elizabeth Brown y estoy catalogando la biblioteca del señor Sullivan.

—¿Usted es la doctora Brown? —el hombre se apartó de la encimera, mirándola de arriba abajo con expresión incrédula.

—Sí, soy yo —murmuró ella, sorprendida—. Pero es un doctorado en Historia, no en Medicina.

¿Por qué le estaba dando explicaciones a aquel hombre? ¿Qué tenía que la hacía sentirse obligada a contestar? ¿Que hacía que el aire a su alrededor pareciese tan cargado de… algo?

—¿La misma doctora Brown que hace una semana envió una carta a Rogan Sullivan en Nueva York para decirle que su padre había sufrido un infarto y estaba en el hospital?

Elizabeth no podía apartar los ojos del extraño. La doctora Brown, respetada doctora de His-

toria, estaba comiéndose con los ojos a Rogan
Sullivan.

Porque la única explicación para que aquel
hombre alto, moreno y magnético supiera de esa
carta era que fuese el hijo de Brad Sullivan.

¡Quien, según le había contado la señora Baines, hacía quince años que no iba a la casa familiar
de Cornualles!

Capítulo 2

¿TÉ? –sonrió Rogan, burlón, mientras Elizabeth Brown, la doctora Brown, se sentaba en un taburete con el ceño fruncido.

Seguramente tenía que sentarse para no caer al suelo, pensó. Sin duda se había llevado un buen susto al oír ruidos en la cocina creyendo que estaba sola en la casa. Para descubrir después que el supuesto ladrón era el hijo de Brad Sullivan, que había ido de visita. Una visita muy corta si tenía suerte.

–Sí, gracias –contestó ella–. Por cierto, ¿recibió la segunda carta que le envié?

–No –contestó Rogan.

–Ah.

–Pero sé que mi padre ha muerto, Elizabeth.

¿Cómo podía no haberse dado cuenta de que aquel hombre hablaba con acento estadounidense? Probablemente porque estaba demasiado cautivada por esa voz tan ronca y masculina.

De no ser así, hubiera sumado dos y dos y se habría dado cuenta de que aquel hombre era pariente de Brad Sullivan. Que era, de hecho, el hijo de Brad Sullivan.

–No busque parecidos físicos entre Brad y yo –

dijo él entonces, con tono amargo–. O ningún otro parecido porque gracias a Dios no lo hay.

–Solo estaba pensando que es una pena que haya tenido que saber de la muerte de su padre por alguien del hospital.

–No he estado en el hospital. Llamé por teléfono, pero se negaron a darme ninguna información sobre el estado de Brad. Afortunadamente, pude hablar con su abogado... él me informó de su muerte y de las instrucciones que dejó para su funeral.

–Siento mucho que su padre muriera antes de que usted llegase aquí.

–¿Ah, sí?

–Sí, claro –Elizabeth frunció el ceño ante el tono escéptico.

–Por lo que me ha dicho su abogado, Brad sabía lo enfermo que estaba y que le quedaba poco tiempo.

Un tiempo que Brad Sullivan no había aprovechado para hacer las paces con su único hijo...

Un hijo, Elizabeth se daba cuenta ahora, que la miraba con demasiada familiaridad. Esos cálidos ojos de color chocolate se deslizaban por el pijama, deteniéndose en la curva de sus pechos...

Incómoda, Elizabeth carraspeó.

–¿Le importa esperar un momento? Si vamos a seguir hablando me gustaría ponerme un albornoz –le dijo, mientras Rogan levantaba una ceja.

–Ah, claro que vamos a seguir hablando. ¿Pero no es un poco tarde para sentir pudor?

Elizabeth sintió que le ardían las mejillas al

pensar que aquel hombre la había llevado en brazos...

—En cualquier caso, creo que estaría más cómoda con un albornoz.

—Muy bien —asintió Rogan mientras ella se daba la vuelta, convencido de que la bonita doctora Brown subía a su habitación para intentar serenarse un poco.

Desde luego parecía mucho más calmada cuando volvió unos minutos después, llevando un albornoz de rayas blancas y azules atado a la cintura. Evidentemente, la doctora Brown era una mujer seria. Nada que ver con el tipo de chica alegre que prefería su padre.

Rogan dejó dos tazas de té sobre la encimera antes de sentarse en un taburete, frente a ella, para mirarla con expresión pensativa.

—Podría haber llamado por teléfono después de recibir mi carta...

—¿Su oficiosa carta en la que me informaba de que el señor Sullivan había sufrido un ataque al corazón?

¿La carta había sido oficiosa?, se preguntó Elizabeth. Tal vez, tuvo que admitir. Pero no conocía a Brad Sullivan muy bien y no conocía de nada a su hijo. Y, considerando la falta de relación entre ellos, no había sido una carta fácil de escribir. Claro que podría haber firmado con algo menos serio que «doctora Elizabeth Brown».

Le había sugerido a la señora Baines que fuera ella quien escribiese la carta, pero el ama de llaves estaba casi histérica después del infarto de su jefe y no había querido presionarla.

–Siento mucho que mi carta le pareciese un poco… formal –se disculpó, tomando un sorbo de té–. Aunque habría sido más conveniente para todos que hubiera llamado por teléfono a la señora Baines para decir que tenía intención de venir. Ha habido varios robos en la zona recientemente y, si hubiéramos estado esperándolo, no lo habría atacado.

Ahora se sentía avergonzada de su comportamiento, pensó Rogan. Aunque no tenía razones para hacerlo. Su decisión de ir a Inglaterra después de hablar con el abogado de su padre había sido algo instintivo. Tal vez el deseo de comprobar que Brad Sullivan había muerto de verdad.

En consecuencia, no se le había ocurrido informar a nadie de su llegada. La señora Baines lo habría reconocido inmediatamente a pesar de que no había pisado la casa Sullivan en quince años, pero no había razón para que Elizabeth Brown supiera eso.

En cualquier caso, el rubor en las mejillas de la doctora era muy atractivo y hacía que sus ojos pareciesen de un azul más profundo. Avergonzada, sin duda, por haber cometido el monumental error de acusar al hijo del propietario de ser un ladrón.

Bueno, no debía preocuparse por eso. Él no se había considerado el hijo de Brad Sullivan en mucho tiempo. Los diez años que había pasado en el ejército americano le habían dado una nueva familia, una en la que podía confiar más que en la suya propia.

–Olvídelo, no tiene importancia.

Tal vez no para él, pensó Elizabeth. Pero de haber sabido que Rogan Sullivan estaba a punto de llegar no habría hecho el ridículo más espantoso. Y no podía olvidar que lo había atacado con un libro… y el candelabro de bronce que le había caído en el pie seguramente también le habría hecho daño, a pesar de las pesadas botas que llevaba.

Lo miró entonces con nuevos ojos. Rogan tenía razón al decir que no se parecía a su padre en absoluto.

Brad Sullivan había sido un hombre de pelo rubio, sus ojos de un azul acerado, y aunque una vez debía haber sido alto y atlético como su hijo, el pobre estaba muy delgado y débil antes de su muerte. Ni siquiera la estructura ósea de la cara era la misma; el rostro de Brad era más bien redondeado mientras el de Rogan Sullivan era anguloso y esculpido. Y extremadamente atractivo.

Rogan Sullivan sí se parecía a los protagonistas de novela romántica y a los vampiros sobre los que leía para relajarse después de pasar días enteros enseñando Historia a sus alumnos de la universidad. No había excusa, lo sabía, aunque disfrutaba leyendo esas historias porque eran una buena forma de escapar de la realidad. Pero no le hacía ninguna gracia que aquel hombre bromeara sobre el asunto.

Aquel hombre que, por el momento, no había mostrado emoción alguna sobre la reciente muerte de su padre…

La señora Baines le había explicado brevemente la situación: Brad y Rogan Sullivan habían discutido tras la muerte de Maggie Sullivan quince años antes, cuando Rogan tenía dieciocho. Aparentemente, se había ido de casa poco después de eso y, cuando su padre volvió a saber de él, fue para descubrir que vivía en Estados Unidos, de donde eran originarios, y que se había alistado en el ejército.

Aunque no hacía falta que le contara todo eso. Era evidente que padre e hijo no mantenían ninguna relación ya que Brad solo se ponía en contacto con Rogan a través de un apartado de correos en Nueva York.

–No haga juicios sobre cosas que no puede entender –dijo él entonces, como si hubiera leído sus pensamientos.

–No estaba haciendo ningún juicio.

–¿No?

–No –Elizabeth frunció el ceño, enfadada.

–Está pensando que no parezco muy disgustado para ser alguien que acaba de perder a su padre –dijo Rogan.

Eso era exactamente lo que estaba pensando, sí.

Pero tal vez lo había juzgado mal. Después de todo, ella no sabía por qué había discutido con su padre. Tal vez Brad había sido un progenitor horrible...

Como el suyo.

Era demasiado fácil, ahora que el amable y considerado Brad había muerto, culpar al sarcástico Rogan Sullivan por esa relación tan tensa entre padre e hijo.

–Bueno, ¿y qué hace aquí? –le preguntó Rogan, clavando en ella sus ojos de color ónice.

–Ya se lo he dicho antes: estoy catalogando la biblioteca de su padre.

–Sí, lo ha dicho, es verdad. Pero quería decir por qué sigue usted aquí ahora que mi padre ha muerto.

–No sabía qué hacer –admitió Elizabeth–. Su padre me contrató para que estuviese aquí seis semanas y… pensé que debía terminar el trabajo.

–¿Y cataloga usted mucho?

–Durante las vacaciones suelo hacerlo, sí –contestó ella, mirándolo con expresión recelosa–. ¿Qué quiere usted decir con eso?

Rogan Sullivan se encogió de hombros.

–Que tal vez el agotamiento físico podría ser la razón por la que mi padre sufrió un infarto.

Elizabeth lo miró, incrédula.

–¿Está intentando decir que yo tenía una relación íntima con su padre?

–Dígamelo usted –replicó él, pensando que aquella chica era muy guapa cuando se enfadaba.

Sus ojos brillaban más que nunca y el rubor de sus mejillas resultaba muy atractivo. Con esos labios tan generosos, la barbilla levantada en gesto de desafío y el pelo rojo con un corte moderno parecía un erizo enfadado.

Pero estaba muy guapa.

–La biblioteca estaba aquí cuando llegamos a Inglaterra hace veinte años, cuando mi padre compró esta casa. Pero no recuerdo que tuviera la menor intención de catalogarla.

–¿Y cómo sabe usted lo que su padre quería o no quería hacer si solo han estado en contacto a través de un apartado de correos en los últimos quince años?

Rogan frunció el ceño, con gesto amenazador.

–Le advertí que no especulase sobre cosas que no entiende, Liza.

–Prefiero que me llame «doctora Brown», si no le importa –replicó ella, poniéndose colorada de nuevo.

Rogan tuvo que disimular una sonrisa. Ah, no le había sentado nada bien que acortara su nombre.

–Muy bien, no especules sobre cosas que no conoces, Elizabeth.

Lo que Elizabeth no entendía era por qué estaba respondiendo a las pullas y las insinuaciones de aquel hombre.

Como doctora de Historia en una de las universidades más prestigiosas del país era respetada por sus alumnos y colegas de facultad. Como Elizabeth Brown, una mujer económicamente independiente, hacía lo posible por evitar situaciones que pudieran llevar a una confrontación emocional de cualquier tipo.

Especialmente con un hombre que la ponía nerviosa.

–Al contrario que tú, yo no soy tan formal –dijo Rogan–. Mis amigos me llaman Rogue.

–Pues qué suerte para mí no ser uno de sus amigos –replicó ella–. Prefiero llamarlo «señor Sullivan» o Rogan si insiste en que el trato sea informal.

–Claro que insisto, Elizabeth. Desde luego que sí.

Ella rehuyó su mirada.

—Tal vez deberíamos seguir hablando por la mañana… Rogan. Parece que esta noche no estamos consiguiendo nada.

—Salvo ser groseros el uno con el otro.

—Desde luego. Evidentemente, estás cansado después del viaje… —Elizabeth se quedó desconcertada cuando Rogan soltó una risita. Y sintió algo, un cosquilleo, cuando esa risa lo hizo parecer aún más peligroso.

¿Peligroso? Aquel hombre era peligrosísimo. Y despertaba en ella una excitación completamente nueva.

—No, me temo que siempre soy así, suelo decir lo que pienso. ¿Cuál es tu excusa?

Elizabeth tuvo que hacer uso de toda su fuerza de voluntad para apartar la mirada de esos hombros tan anchos. Aun así, sentía un inusual calor entre las piernas…

—Es muy tarde. Hace un rato me he llevado un susto de muerte pensando que había entrado un ladrón y estoy agotada…

—¿Te has llevado un susto de muerte? —repitió él, incrédulo—. Pues no me gustaría nada ver lo que puedes hacer cuando no estés asustada —añadió, llevándose un dedo a la sien, donde tenía una marca roja de los golpes que le había dado con el libro.

Un libro cuyo protagonista le iba a parecer unidimensional después de ver cara a cara a aquel adonis de carne y hueso.

Elizabeth observó su pelo, un pelo que tenía un

aspecto tan sedoso que le gustaría tocarlo, enredar los dedos en él antes de empujar su cabeza hacia abajo…

—Imagino que sabrás cuál es tu habitación.

—Sin duda —dijo Rogan, mirándola con expresión burlona.

Elizabeth casi había llegado a la puerta de la cocina, casi había hecho una salida digna y estaba felicitándose por haberse serenado después de atacar a Rogan Sullivan en su propia casa cuando él la llamó:

—No olvides tu libro. Está en el salón.

—Gracias —murmuró Elizabeth, intentando disimular su irritación.

—La cubierta podría dejar a la señora Baines de piedra. Y no hablemos del contenido…

Ella tuvo que respirar profundamente antes de volverse para mirarlo.

—Deberías limpiarte la herida de la mano. Sería una pena que se te infectase… ya sabes que el tétanos produce espasmos en la mandíbula y la laringe —replicó, irónica.

—Y no creo que eso te molestase mucho —rio él.

—¡No tienes ni idea! —Elizabeth lo fulminó con la mirada antes de salir dignamente de la cocina. Bueno, tan dignamente como podía llevando un pijama y un albornoz.

Pero se detuvo un momento en el salón para recoger el libro, sabiendo que cualquier sueño o fantasía erótica que tuviese aquella noche tendría como protagonista a un peligroso hombre moreno de ojos oscuros vestido de negro de la cabeza a los pies.

—La señora Baines ha debido pensar que desayunaríamos juntos y no quería decepcionarla —dijo Rogan a la mañana siguiente, cuando Elizabeth se detuvo en la puerta del comedor al verlo sentado a la mesa.

Una Elizabeth Brown ligeramente más recatada que la noche anterior. Llevaba una blusa de color crema, pantalón oscuro, mocasines y el pelo rojo de punta como la noche anterior, pero se había puesto rímel y llevaba brillo en los labios.

Recatada, pero guapísima, decidió Rogan mientras se levantaba de la silla.

—Para que lo sepas, aún recuerdo las buenas maneras que me enseñó mi madre —le dijo.

—Me alegro —replicó Elizabeth, sentándose a la mesa y colocando la servilleta sobre sus rodillas.

Intentaba concentrarse en el desayuno, pero no dejaba de notar lo guapísimo que era Rogan, con el pelo oscuro aún mojado de la ducha. Llevaba una camiseta negra que destacaba sus bíceps y un pantalón oscuro bajo de cintura que se amoldaba a sus poderosas piernas...

—¿Quieres un café?

Su sonrisa le decía que había notado el rubor de sus mejillas y el ligero temblor de sus manos y eso la molestó.

¿Cómo no iba a afectarla? Ella nunca había conocido a un hombre como Rogan Sullivan: seco, duro, peligroso. Los únicos hombres con los que estaba en contacto eran otros académicos o estudiantes mucho más jóvenes que ella.

Ocasionalmente aceptaba un almuerzo o una invitación a cenar de algún colega. Aparte de eso, prefería que en su vida no hubiera complicaciones. Y nunca había conocido a nadie que se pareciese a Rogan.

Pero no estaba tan desconcertada como para olvidar su taza de café matinal.

–Gracias –murmuró, mirándolo de soslayo.

Gran error.

Elizabeth había soñado con él esa noche. Cuando por fin pudo quedarse dormida, claro. Había sido un sueño intenso, turbador, en el que acariciaba su pelo... aunque también había acariciado otros sitios en los que no quería pensar.

Pero la realidad del hombre era mucho más turbadora que cualquier sueño. Sencillamente, transpiraba masculinidad por cada uno de sus poros, desde ese rostro tan masculino a su atlético cuerpo. Olía a hombre; su aftershave una mezcla de especias que turbaba sus sentidos casi tanto como el propio hombre.

Él también lo sabía y parecía sentirse absolutamente cómodo con tan marcada masculinidad, tuvo que reconocer Elizabeth.

–¿Esperas entrar en combate aquí, en los acantilados de Cornualles? –bromeó, señalando el pantalón y las botas militares.

Rogan se encogió de hombros.

–No, es que eché unas cuantas cosas en una bolsa de viaje sin mirar siquiera cuando recibí tu carta. Además, prefiero estar siempre preparado –Rogan la miró con expresión burlona–. Después de todo, uno nunca sabe cuándo van a atacarlo.

Elizabeth se puso colorada.

–La señora Baines me dijo que te habías alistado en el ejército hace unos años.

–Sí –le confirmó él.

–¿Y qué haces ahora?

–Unas cosas y otras.

–¿Qué tipo de cosas?

Rogan guiñó los ojos.

–Para ser alguien que supuestamente solo ha venido aquí a catalogar la biblioteca de mi padre, eres muy chismosa.

–Nada de «supuestamente», solo estaba intentando entablar conversación.

–Pues vamos a hablar de otra cosa.

Rogan no quería hablar de su trabajo con nadie. Y menos con una mujer a la que había conocido ocho horas antes.

Aunque empezaba a parecerle mucho más tiempo.

–Y llamarme «chismosa» es olvidar las buenas maneras –dijo Elizabeth entonces.

–¿Qué esperabas de un hombre cuyo padre solo se ponía en contacto con él a través de un apartado de correos?

–No quería ser grosera cuando dije eso.

–¿De verdad?

Sí, bueno, lo había sido, era cierto. Y era injusto por su parte porque ella no sabía nada sobre la situación familiar de los Sullivan. Y, además, el padre de Rogan acababa de morir...

—¿Y tú, Elizabeth? ¿Qué hace la doctora Brown cuando no está catalogando la biblioteca de alguien?

—Enseñar Historia en la universidad de Londres.

—Ah, ya.

—Es un tema que me encanta —añadió Elizabeth ante el poco entusiasmo que había puesto en esa frase.

—¿Te sientes más cómoda con cosas que ya han pasado que con el presente?

—¿Hay algo malo en ello?

Rogan se encogió de hombros.

—No, qué va. Salvo que una vida sin sorpresas debe ser...

—¿Cómoda? —terminó Elizabeth la frase por él.

—Aburrida —dijo Rogan Sullivan, con una sonrisa que mostraba unos dientes blancos en contraste con su piel morena.

—Pues a mí me gusta así —Elizabeth se levantó abruptamente—. Con tu permiso, voy a llevarme el café a la biblioteca para seguir con mi trabajo.

—¿Con mi permiso? —repitió él, frunciendo el ceño.

Elizabeth había pensado la noche anterior que, ya que Brad Sullivan había muerto, ahora era la empleada de Rogan.

—A menos que prefieras que deje de catalogar la biblioteca, claro.

–Yo… –Rogan se volvió hacia la puerta, por la que acababa de aparecer la señora Baines.

–¿Quieren algo caliente para desayunar? –preguntó el ama de llaves, la tensión de los últimos días evidente en sus ojos llorosos.

–¿Elizabeth? –murmuró Rogan.

–No, gracias.

–Yo tampoco. Terminaremos en unos minutos, señora Baines.

Apenas recordaba a la viuda que se había mudado a la casa Sullivan veinte años atrás, pero sabía que sus padres siempre habían estado encantados con ella.

Rogan se echó hacia atrás para mirar a Elizabeth con expresión pensativa cuando volvieron a quedarse solos.

–¿Has encontrado algún tesoro escondido en la biblioteca? –le preguntó, cruzando los brazos sobre el pecho.

–Uno o dos, sí –respondió ella–. Una primera edición de *El origen de las especies* de Charles Darwin que debe valer muchísimo dinero, por ejemplo.

–¿Cuánto dinero?

–Probablemente varios cientos de miles de libras. Y también hay dos primeras ediciones de Dickens y una de Chaucer…

–Bueno, la verdad es que no me interesa demasiado –la interrumpió él.

–¿Entonces por qué preguntas?

Rogan se encogió de hombros.

–No sé, por hablar de algo.

–¿Tu interés suele ser así de voluble?

–Depende de sobre qué intereses estemos hablando –sonrió él.

Era evidente que sus palabras llevaban segunda intención y a Elizabeth le dieron ganas de borrar esa sonrisa de una bofetada.

¿Qué tenía Rogan Sullivan que la hacía sentir tan extrañamente violenta? ¿Qué hacía que estuvieran discutiendo todo el tiempo?

La respuesta era muy sencilla: todo en él la ponía a la defensiva mientras, al mismo tiempo, la hacía sentirse vulnerable y femenina.

Elizabeth Brown era discutidora e impertinente, pensó él mientras seguía mirándola con cierta admiración. Una interesante combinación para una doctora de Historia que leía novelas de vampiros por las noches y a quien no le gustaban las sorpresas.

Mientras él era un adicto a la adrenalina que vivía para los retos, personales y profesionales.

–Evidentemente, no estás interesado en libros antiguos.

–Evidentemente no –asintió Rogan.

Elizabeth había llegado allí dos semanas antes para catalogar la biblioteca de su padre, se lo había dicho la señora Baines poco antes, y no debía pagar con ella sus frustraciones, pensó.

Porque la repentina muerte de su padre hacía imposible que llegaran a un entendimiento…

Los dos Sullivan jamás habían tenido una relación fácil. Cuando la familia vivía en Estados Unidos, Brad era el propietario de una de las agencias publicitarias más importantes de Nueva York y trabajaba muchas horas. La casa familiar estaba a las afueras y a menudo Brad pasaba los fines de semana en el apartamento que tenían en la ciudad.

Pocas cosas habían cambiado cuando se mudaron a Inglaterra veinte años antes para abrir una sucursal de la agencia allí. Brad se alojaba en Londres durante la semana y solo volvía a casa los sábados, de modo que no se interesaba en absoluto por las actividades de él. Solo su madre, Maggie, iba a los partidos de rugby y a las obras de teatro del colegio.

Maggie había sido el puente entre Rogan y su padre y cuando murió inesperadamente los dos hombres descubrieron que no tenían nada en común. Además, Brad se puso furioso cuando decidió no ir a la universidad de Oxford y volver a Estados Unidos para alistarse en el ejército.

Rogan se irguió abruptamente.

—Sigue catalogando la biblioteca, por favor. Quien la herede seguramente podrá vender esos libros que tú dices son tan valiosos.

Ella lo miró, sorprendida.

—¿No vas a heredarlos tú?

La sonrisa de Rogan carecía de cualquier traza de humor.

—Tengo una cita con Desmond Taylor, el abogado de Brad, esta mañana y sin duda él me lo dirá. Pero yo lo dudo, ¿tú no?

Elizabeth no sabía qué pensar. Ni sobre la situación ni sobre Rogan Sullivan.

Capítulo 3

ES muy amable por tu parte –dijo Rogan, sentado a su lado en el Mini Cooper.

Elizabeth apartó la mirada de la sinuosa carretera de la costa para mirarlo un momento.

No estaba siendo amable y él lo sabía. De hecho, Rogan prácticamente le había exigido que lo llevase a Londres para ver al abogado de su padre.

Habiendo llegado a Inglaterra la noche anterior, y cansado después de un largo vuelo, en lugar de alquilar un coche había tomado un taxi para ir a la casa Sullivan, de modo que no tenía medio de transporte.

¡Y como Elizabeth ahora trabajaba para él, al menos de momento, Rogan le había dado generosamente permiso para tomarse un par de horas libres y llevarlo a Londres!

–No tientes a la suerte –le advirtió.

Él arqueó una ceja.

–¿Eso es lo que estoy haciendo?

–Tú sabes que sí –el único consuelo de Elizabeth era que su coche era demasiado pequeño para un hombre tan grande y Rogan estaba incomodísimo en el asiento. Aunque la proximidad de esos musculosos brazos y largas piernas, a unos centímetros de las suyas, era un poco turbadora… por decir algo.

Rogan miró por la ventanilla las olas rompiendo suavemente contra las rocas del acantilado.

—Se me había olvidado lo bonito que era este sitio.

—Imagino que es muy diferente a Nueva York.

—Sí.

Claro que él no estaba siempre en Nueva York.

En realidad no tenía una residencia permanente porque nunca estaba en un sitio el tiempo suficiente como para echar raíces. Cualquiera que tuviera que ponerse en contacto urgente con él podía usar el apartado de correos.

Incluido su padre.

Aún no sabía lo que sentía por la muerte de Brad; aún no se había acostumbrado a la idea. Lidiar con emociones nunca había sido su fuerte, especialmente cuando esas emociones eran tan ambivalentes.

Aunque se daba cuenta de que Elizabeth Brown desaprobaba esa actitud.

Bien, pues tendría que seguir desaprobándola.

Lidiaría con la muerte de su padre de la misma manera que lidiaba con todo: solo. Llevaba solo tanto tiempo, que sencillamente no sabía cómo estar de otra manera. Y tampoco quería saberlo.

—No tardaré mucho —le dijo cuando Elizabeth aparcó el Mini y por fin pudo salir de aquel coche diminuto.

—Tómate tu tiempo, yo tengo que hacer unas compras de todas formas.

–Muy bien. Sugiero que nos veamos bajo el reloj de la torre, aquí en la plaza, en una hora más o menos. Luego iremos a buscar un sitio para comer.

–¿Para comer? –repitió ella.

–Para comer –reiteró Rogan–. Estamos en la ciudad y es casi la hora de comer, ¿por qué no?

¿Por qué no? Porque Elizabeth no quería comer con aquel hombre tan atractivo y tan turbador. De hecho, se estaba dando cuenta de que no quería saber nada sobre Rogan Sullivan.

Aunque no era fácil porque en aquel momento los dos se alojaban en la misma casa...

–Muy bien, nos vemos en una hora –asintió por fin.

–Más o menos –añadió Rogan, que siempre tenía que decir la última palabra.

–Bueno, lo que sea –Elizabeth lo miró por última vez, impaciente, antes de dirigirse hacia el otro lado de la plaza.

–Tú encárgate de que no se mueva de ahí –Rogan hablaba por el móvil mientras paseaba impaciente por la plaza, esperando que Elizabeth se reuniera con él.

–Es más fácil decirlo que hacerlo, Rogue.

–¡Tú hazlo! –insistió él, que al darse la vuelta se encontró por fin con una pálida Elizabeth–. Te llamo luego, Ace –dijo antes de cortar la comunicación y guardar el móvil en el bolsillo de los vaqueros negros.

–¿La reunión ha ido bien?

Rogan sonrió.

–Parece que mi padre me ha nombrado heredero universal después de todo, si eso es lo que querías saber.

Elizabeth se puso colorada.

–No, no era eso.

–¿No?

–No –repitió ella–. Además, no es asunto mío.

–No, desde luego que no –dijo Rogan. En realidad, considerando la relación que habían tenido durante los últimos quince años, era una sorpresa que su padre no lo hubiera desheredado. Claro que tal vez Brad había considerado que dejarle su dinero a alguna causa benéfica no sería mejor que dejárselo a su hijo–. Pero seguro que tienes una opinión sobre el tema.

Elizabeth tenía que hacer un esfuerzo para concentrarse en lo que estaba diciendo. Y no era fácil después de escuchar parte de la conversación con el tal Ace:

«Tú encárgate de que no se mueva de ahí».

Lo había dicho con un tono implacable, frío. Rogan Sullivan no era un hombre al que se debiera provocar.

O por el que sentirse atraída.

Desgraciadamente, sospechaba que ya era demasiado tarde para eso porque solo con mirarlo sentía un escalofrío por la espina dorsal. Ese pelo largo, esos ojos oscuros y penetrantes, la firme sensualidad de su boca, ese cuerpo tan masculino...

–Sin duda tú vendrás de una de esas familias

perfectas –siguió Rogan–. La madre perfecta, el padre perfecto, todo fabuloso.

Sin duda, no tenía ni idea, pensó Elizabeth. La familia Brown era seguramente más disfuncional que la suya.

–Vamos, Liza…

–Si no recuerdo mal, te he dicho que prefiero que me llames Elizabeth –le espetó, enfadada. Su padre siempre la había llamado Liza y no quería que nada se lo recordara.

Rogan la miró, irritado consigo mismo porque le gustaba que se pusiera colorada; le gustaba ver cómo sus ojos brillaban cuando estaba enfadada…

Elizabeth Brown no era su tipo en absoluto. Él prefería a las mujeres divertidas y con curvas. Mujeres que sabían y aceptaban que una relación con él no tenía futuro. No quería saber nada de una mujer seria, bajita, irritable… una doctora de Historia, cuyo ideal de vida sería seguramente la casa con la valla blanca y la parejita.

En cualquier caso, le gustaba flirtear un poco y, deliberadamente, dio un paso hacia ella.

–Liza es más… amistoso, ¿no te parece?

–Yo no tengo el menor deseo de ser amiga de un hombre que habla con la gente por teléfono como tú acabas de hacerlo –replicó ella, desdeñosa.

Rogan frunció el ceño. De modo que la doctora Brown había estado escuchando su conversación con Ace y había sacado sus propias conclusiones. Sin duda tenía una imaginación calenturienta debido a esos libros que leía.

Pero él había dejado de dar explicaciones mucho tiempo atrás y no pensaba dárselas a una mujer tan inflexible como aquella.

–¿Qué puedo decir? A veces es necesario ponerse agresivo cuando la gente no hace lo que le pides.

Elizabeth tuvo que contener un escalofrío de aprensión. Su primera impresión de aquel hombre había sido la correcta: era peligroso.

–No me mires con esa cara de susto. Solo me gusta oír gritar a las mujeres en mi cama…

Esa frase conjuró imágenes eróticas de cuerpos desnudos y, de nuevo, Elizabeth sintió que le ardían las mejillas.

–Tal vez deberíamos volver a casa.

–¿Quieres salir huyendo, Elizabeth?

–¿De ti? ¿No eres un poco arrogante?

–A mí me ha parecido eso –rio Rogan entonces–. De todas formas, solo vamos a comer juntos, no es una cita.

Ella no había imaginado ni por un momento que comer juntos pudiera ser una cita. Pero era un poco desconcertante, más que un poco si debía ser sincera, estar a solas en un restaurante con un hombre tan increíblemente atractivo.

Un atractivo que corroboró en ese momento, cuando una mujer que pasaba se volvió para mirarlo descaradamente y él le devolvió una sonrisa aún más descarada.

Rogan Sullivan no era solo peligroso, era letal.

–Se me ha quitado el apetito –dijo Elizabeth–. Debe de ser por esa charla tan agresiva de antes… no me gusta la gente agresiva –añadió, retadora.

Rogan decidió no explicarle por qué le había pedido a Ace que vigilase a Ricky... después de todo, Ricky no sabía lo que era bueno para él.

—Pues a mí no se me ha quitado —le dijo, tomándola del brazo para llevarla al hotel Bell and Sceptre, al otro lado de la plaza.

—Bueno, ¿y de qué hablamos? —preguntó Elizabeth, burlona, cuando se sentaron a la mesa del restaurante.

Rogan se echó hacia atrás en la silla, sin percatarse de las miradas de las mujeres que había alrededor.

Incluyendo las de Elizabeth.

¿Alguna vez se había sentido físicamente atraída por un hombre?

No lo recordaba, pero con Rogan... prácticamente no podía ver u oír otra cosa. Sentía que le ardía la cara, un cosquilleo en los pezones y una delatora humedad entre las piernas, algo que no le había ocurrido nunca.

Ridículo, pensó. Por lo que había oído cuando hablaba por teléfono, Rogan Sullivan no era más que un matón. Sin duda sus años en el ejército y la disciplina que había aprendido allí lo habían hecho tan letal como cualquiera de las armas que estuviera acostumbrado a usar.

Y siendo una mujer que siempre había valorado el intelecto por encima del músculo, ¿cómo podía encontrar esa fuerza física tan excitante?

Sin embargo, así era. Tanto, que no podía imaginar nada más placentero que quitarle toda esa ropa negra para acariciar su cuerpo desnudo…

Solo con pensar en ello la temperatura de su cuerpo aumentaba hasta un grado casi insoportable.

Rogan se encogió de hombros.

—¿Quién dice que tengamos que hablar? Yo he venido aquí a comer, no a conversar.

Elizabeth se echó hacia atrás para que la camarera pudiese dejar los platos sobre la mesa. Una joven que tampoco parecía capaz de apartar los ojos de Rogan, como le había pasado a la joven de la plaza.

—Gracias —dijo él, regalándole otra sonrisa. Desde luego, aquel hombre debería llevar un letrero de *Peligro*—. ¿Qué pasa ahora? ¿Qué he hecho?

—Nada, que parece que todas las mujeres caen bajo el hechizo de una sonrisa bonita.

Él levantó las cejas.

—¿Tengo una sonrisa bonita?

—Yo no he dicho eso…

—Sí lo has dicho.

Sí, lo había dicho, tuvo que reconocer Elizabeth. Maldito fuera, pensó, mientras se disponía a comer una ensalada de pollo que ya no le apetecía.

—Seguramente practicas delante del espejo todos los días.

Rogan soltó una carcajada.

—No, no es verdad. No sabía que mi sonrisa fuera tan interesante hasta que tú lo has dicho.

—¿No podríamos comer sin decir nada más?

—Si crees que puedes…

–Tú no eres mi tipo, Rogan Sullivan –replicó Elizabeth.

–Ah, eso sí es un reto.

–No quería que lo fuera.

–Ya, claro –Rogan guiñó sus enigmáticos ojos–. ¿Cuál es tu tipo entonces?

–Pensé que preferías no hablar.

–He cambiado de opinión.

–Desgraciadamente para ti, yo también.

–Vamos, Elizabeth, hazlo por mí, ¿eh?

Ella no quería hacerle ningún favor. De hecho, desearía no haber empezado nunca esa conversación. Especialmente porque su sonrisa le parecía muy sexy… como a todas las demás mujeres, por lo visto.

–Si quieres saberlo, prefiero el cerebro a la fuerza bruta.

Rogan la miró con expresión seria.

–¿Crees que no tengo cerebro?

–Yo no he dicho eso.

–Prácticamente lo has dicho. ¿Qué es un hombre inteligente para ti, Elizabeth?

–No quería insultarte, de verdad.

–Yo creo que sí –insistió Rogan–. ¿Un título en Ciencias Informáticas y un doctorado en Análisis de Sistemas te parecen muestras de inteligencia?

Ella tragó saliva.

–Pensé que habías estado en el ejército todos estos años.

–Donde, si tú quieres, te enseñan a usar el cerebro además de disparar un fusil –le aseguró él.

Estaba enfadado y con razón. En esos quince

años aquel hombre había conseguido un doctorado, de modo que tenían el mismo título académico.

—Siento mucho haber sido antipática, pero…

—Vamos a dejarnos de disculpas —la interrumpió él—. Si me vuelves a insultar, voy a perder el apetito.

Elizabeth sí había perdido el apetito completamente. Y no era debido a la discusión, sino a la fascinación que sentía al observar el movimiento de sus manos mientras comía con silenciosa eficacia, como si necesitara el combustible que proporcionaba la comida.

Ella no tenía experiencia con hombres como Rogan Sullivan. Era un enigma. Parecía duro y francamente peligroso, pero tenía un doctorado, de modo que era un hombre inteligente, algo de lo que debería haberse dado cuenta antes de insultarlo.

—Lo siento mucho, de verdad, señor Sullivan.

—Así que volvemos a lo de señor Sullivan, ¿eh? —murmuró Rogan, burlón—. No importa, Elizabeth. Es evidente que no puedes dejar de insultarme.

—¿Y ahora quién está siendo antipático? —le preguntó ella, poniéndose colorada.

—No lo sé, debe ser contagioso. Pero la mayoría de la gente me considera un corderito.

—¿Un corderito? Yo diría más bien un predador en medio de la jungla.

—Tal vez —dijo Rogan. Hasta que dejó el ejército cinco años antes, podría haber tenido razón.

—Bueno, ¿y qué haces exactamente con ese doctorado en análisis de sistemas?

–Pues analizar…

Elizabeth frunció el ceño.

–Estoy intentando ser amable, señor Sullivan. Al menos podría hacer lo mismo.

–¿Por qué?

–Porque eso es lo que hace la gente normal.

–¿Ah, sí? Tal vez si empezaras a llamarme «Rogue» en lugar de «señor Sullivan» me sentiría más inclinado a hacer eso.

–Muy bien, acepto llamarte Rogan.

–¿Pero no Rogue?

–No.

–De acuerdo –Rogan se echó hacia atrás en la silla–. No has comido mucho.

–Ya te he dicho que había perdido el apetito –suspiró Elizabeth, apartando el plato–. Y se me ha olvidado preguntar si te duele el corte de la mano.

–¿Te estás ofreciendo voluntaria para darme un besito en la pupita? –respondió él, burlón, mirando el corte en la palma de la mano. No era absolutamente nada. Tenía otras cicatrices que sin duda harían gritar de horror a aquella mujer.

–No soy tu madre –replicó ella, enfadada.

Elizabeth Brown tenía un temperamento que intentaba esconder. Qué interesante…

–No, desde luego que no.

–¿Tú te pareces a ella?

–Un poco, sí. Pero yo no tengo la tolerancia para las debilidades humanas que tenía mi madre. O su fe en la bondad de la gente –respondió Rogan–. Mi padre era el ejemplo perfecto de que eso era un mito.

—A mí me pareció un hombre muy agradable durante la semana que lo traté.

—Sí, claro, y ahora me dirás que hablaba con cariño de su mujer y su hijo —murmuró él, sarcástico—. Cuando en realidad imagino que te sería difícil saber que Brad había tenido una mujer y un hijo, ya que no hay una sola fotografía en toda la casa.

Elizabeth se había dado cuenta de eso, naturalmente. Ella no guardaba muchas cosas, pero tenía una fotografía de su madre en su apartamento de Londres. Algo que faltaba en la casa Sullivan.

—¿Por qué no hay ningún recuerdo?

—Mi padre hizo que guardasen todas las fotografías de mi madre cuando murió —le explicó Rogan, apretando los labios.

—Tal vez era demasiado doloroso para él recordarla todos los días...

—Sí, seguro que era muy doloroso —la interrumpió Rogan—. No creo que yo quisiera tener cerca el recuerdo de alguien a quien hubiera matado.

¿Alguien a quien hubiera matado?

¿Estaba diciendo que Brad Sullivan había asesinado a su mujer?

Capítulo 4

NO puedes decirlo en serio! –exclamó Elizabeth, incrédula, cuando por fin pudo encontrar su voz.

Claro que era lógico, pensó él. No todos los días un hombre acusaba a su propio padre de haber asesinado a su madre.

Rogan se levantó abruptamente.

–Vámonos de aquí.

Elizabeth Brown seguía mirándolo mientras se levantaba, recordando a última hora que se olvidaba del bolso.

–¿Rogan? –lo llamó, una vez en la calle.

Él la tomó del brazo para llegar hasta donde había aparcado el coche.

–Brad no empujó a mi madre por el acantilado –empezó a decir–. Pero era un adúltero, de modo que prácticamente es como si lo hubiera hecho.

Elizabeth estaba atónita por lo que acababa de contarle, pero sobre todo por la excitación que provocaba esa mano en su brazo.

–Yo… no sé qué decir…

Rogan hizo una mueca mientras la miraba buscar las llaves del coche en el bolso.

–Ah, pues eso te convierte en única en tu género.

Elizabeth se daba cuenta de que estaba intentando bromear para aliviar la tensión, pero eso no hacía que el comentario fuera menos insultante.

—Eres un poco machista, ¿no? —murmuró, cuando por fin encontró las llaves.

Rogan enarcó una ceja.

—Si fuera machista, no te dejaría conducir.

—¡Pero si es mi coche!

Él se encogió de hombros.

—Creo que a los machistas solo les preocupan sus frágiles egos —le dijo, abriendo la puerta del pasajero.

En el ego de aquel hombre no había nada frágil en absoluto, pensó Elizabeth, mirándolo de soslayo antes de arrancar.

La carretera que llevaba a la casa Sullivan estaba situada sobre unos acantilados que terminaban en calas de arena o rocas. ¿Se habría lanzado desde allí la madre de Rogan?

Ella había pensado que la prematura muerte de Maggie Sullivan había sido debida a una enfermedad. Descubrir que se había lanzado por un acantilado porque su marido la engañaba era más que turbador en vista del comportamiento de su propio padre y la reacción de su madre...

Como resultado, ella no había querido tener relaciones sentimentales. No quería nada que le recordase el dolor y las desilusiones de su infancia.

Tal vez sería mejor posponer el catálogo de la biblioteca de Brad Sullivan por el momento y volver más adelante, en verano, cuando las cosas estuvieran más calmadas.

Cuando Rogan hubiese vuelto a Nueva York, por ejemplo.

Aquel hombre la ponía demasiado nerviosa. La turbaba su proximidad en los confines del coche porque emitía fuerza por cada poro, despertando su sentidos... tanto que tuvo que apretar el volante con fuerza para reprimir el deseo de tocar sus manos, que reposaban sobre los poderosos muslos.

Nunca había reaccionado así con ningún hombre. Al menos, no lo había hecho hasta que Rogan Sullivan apareció la noche anterior. Desde entonces, estaba en alerta permanente.

—¿En qué estás pensando? —le preguntó él.

—Solo estaba preguntándome si llevas el pelo largo para rebelarte porque estuviste tanto tiempo en el ejército o si se te ha olvidado ir a la peluquería.

—Mentirosa —dijo Rogan, sabiendo que había estado mirándolo de soslayo durante los últimos minutos. Tenía suficiente experiencia con las mujeres como para saber que estaba interesada.

Los ojos brillantes, las mejillas rojas y la respiración agitada la delataban.

Elizabeth Brown estaba pendiente de él y le parecía fabuloso.

—Oye, yo...

—Has vuelto a cerrar el puño.

Elizabeth frunció el ceño, pero de inmediato aflojó la presión.

—Admítelo, Liza. Cuando me miras, te gusta lo que ves.

—Te he dicho que no me llames...

–Me gusta llamarte Liza –Rogan se giró un poco en el asiento para mirarla–. Con esos ojos tan brillantes y las mejillas encendidas eres mucho más una Liza que una fría y distante Elizabeth.

–¡Fría y distante! ¿Estás intentando que me enfade?

–¿Lo estoy consiguiendo?

–¡Mucho!

Rogan sonrió.

–¿Lo suficiente como para que salgas huyendo de la casa Sullivan en cuanto se te haya ocurrido una buena excusa?

El rubor de sus mejillas aumentó entonces.

–¿Cómo sabes…?

–Eso era en lo que estabas pensando antes. Es fácil leer tus pensamientos, Elizabeth –contestó Rogan, encogiéndose de hombros. No solo había aprendido a analizar sistemas informáticos durante los últimos quince años, también había aprendido a leer a la gente.

Aunque aquella mujer era más complicada que la mayoría.

¿Por qué una chica guapa de menos de treinta años se encerraba entre libros? Incluso pasaba sus vacaciones enterrada en Cornualles, catalogando una biblioteca privada. ¿Dejaría Elizabeth que alguien viera lo que había detrás de esa fría fachada?, se preguntó. Y, sobre todo, ¿había dejado alguna vez que un hombre traspasara esa barrera?

Elizabeth no estaba segura de que le gustase eso de que Rogan leyera sus pensamientos, especialmente considerando algunas de las cosas que había pensado sobre él desde que lo vio la noche anterior.

—No tengo intención de salir huyendo de la casa Sullivan, como tú dices —le dijo. Y no lo haría porque Rogan parecía haberse dado cuenta de que él sería la razón de su marcha—. Tu padre me contrató para que catalogase su biblioteca y si quieres que siga haciéndolo lo haré.

—Eres una chica muy responsable, ¿eh?

—Pues sí. Cuando le doy mi palabra a una persona, me gusta cumplirla.

Y eso implicaba, pensó Rogan, que alguien cercano a ella una vez la había defraudado.

—¿Esperas encontrar más primeras ediciones?

—Es posible, sí.

—No tienes que ser tan cauta, Elizabeth. No pienso robar ninguna.

—No sería robar, ya que los libros ahora son tuyos.

—Pero crees que voy a venderlos a la primera oportunidad, ¿verdad? No te molestes en negarlo, sé que lo has pensado. Y también sé que se te da bien juzgar a la gente sin conocerla.

¿Sería verdad?, se preguntó Elizabeth. Tal vez. Al menos, en lo que se refería a aquel hombre en particular. Porque Rogan Sullivan amenazaba seriamente su tranquilidad.

—¿Qué haces aquí? —Elizabeth se detuvo en la puerta de la biblioteca al ver a Rogan sentado tras el escritorio de su padre, con el ordenador abierto delante de él.

−¿No crees que tengo derecho a estar aquí, como nuevo propietario de la casa?

Sí, bueno, claro que tenía derecho a estar en la biblioteca de su padre, que ahora era suya. Pero no tocando sus cosas.

−¿Has encontrado algo interesante en mi ordenador?

−¿Tu ordenador? −repitió él−. Pensé que era de mi padre.

Elizabeth sonrió, contenta por haber dejado desconcertado a un hombre tan seguro de sí mismo.

−Yo prefiero trabajar con un ordenador que me resulte familiar.

Otra vez, pensó Rogan. A Elizabeth Brown le gustaba que su vida fuese ordenada y predecible.

−Tenía que enviar unos correos −le dijo.

Pero de haber sabido que aquel era el ordenador de Elizabeth habría echado un vistazo al resto de los archivos. Solo por saber algo más de ella, claro. Era algo que solía hacer con la gente que tenía alrededor.

Ya sabía a qué se dedicaba; era el resto de la información lo que podría resultar interesante: de dónde era, quién era su familia, sus amigos.

Por razones diferentes a las suyas, probablemente, Elizabeth mantenía tan escondida su vida privada como lo hacía él.

−Lo siento −se disculpó, cerrando el ordenador antes de levantarse y enarcando una ceja cuando ella dio un paso atrás.

¿Qué demonios…?

¿Le tenía miedo?

No, no era miedo lo que veía en sus ojos sino otra cosa. Algo mucho más interesante.

Elizabeth dio otro paso atrás cuando Rogan se acercó, de nuevo sintiéndose abrumada por el magnetismo animal de aquel hombre. Era de verdad como el predador sobre el que había estado leyendo la otra noche; sus movimientos lentos y firmes, silenciosos sobre el suelo de moqueta. Hasta el propio aire parecía apartarse a su paso.

–Yo… ¿qué estas haciendo?

Rogan enarcó una ceja.

–¿Tú qué crees? –incluso su voz sonaba ronca, llena de propósitos oscuros.

–He venido aquí a trabajar.

–Más tarde.

–¿Más tarde? –repitió ella, pasándose la lengua por los labios.

–Más tarde –repitió Rogan.

Estaba tan cerca, que la envolvía el calor de su cuerpo, y el sutil aroma masculino era como una droga que despertaba sus sentidos.

Los mismos sentidos que se habían puesto en alerta en cuanto lo vio.

El olfato, la vista, el tacto.

Elizabeth sacudió la cabeza, intentando aclarar sus pensamientos.

–No sé a qué estás jugando, Rogan.

–Yo nunca juego, Liza.

Había vuelto a llamarla por ese apelativo que tanto odiaba pero, por el momento, lo que más le preocupaba era la amenaza que representaba para ella.

–Estás jugando ahora mismo. Y no tiene gracia.

A Rogan tampoco le parecía una situación divertida. De hecho, lamentaba haber empezado aquello y ya no sabía quién estaba retando a quién.

Los ojos de Elizabeth eran de un azul profundo, rodeados por unas pestañas larguísimas. Esos labios generosos y húmedos lo tentaban. Y olía tan bien; un perfume floral, cálido, femenino…

Sin darse cuenta, dejó escapar un gemido al sentir que su cuerpo respondía a ese perfume.

–¿Rogan?

Incuso su forma de hablar, el tono de su voz, le parecía excitante.

Demasiado como para que Rogan pudiera resistirse a la tentación de besarla. Solo una vez, se prometió a sí mismo. Solo quería un roce de sus labios, sentir sus curvas apretadas contra él, y la soltaría.

Elizabeth apenas tuvo tiempo de levantar las manos para apartarlo antes de que Rogan la tomase por la cintura e inclinase la cabeza para buscar su boca.

Fiera, ansiosamente, aplastando sus labios bajo los suyos, introduciendo la lengua entre sus labios abiertos para explorar la caverna de su boca.

Las manos que Elizabeth había levantado para apartarlo se agarraron a su camiseta entonces. Podía sentir que sus pechos se hinchaban, los pezones despertando a la vida y una sensación de quemazón entre los muslos que no había experimentado nunca.

Y sintió la excitación de Rogan rozando su vientre cuando la apretó más contra él, duro, temblando contra ella como una promesa.

Rogan sabía que debía detener aquello. Ahora. Antes de que las cosas se le escaparan de las manos.

Pero Elizabeth sabía tan bien y le gustaba tanto abrazarla… Sus curvas eran perfectas. Todo en ella era perfecto, descubrió Rogan cuando metió la mano bajo la blusa para tocarla. Sus pechos no eran ni demasiado pequeños ni demasiado grandes; sencillamente perfectos.

Elizabeth dejó escapar un gemido mientras echaba la cabeza hacia atrás y cuando Rogan besó su garganta su respiración se convirtió en un jadeo.

Sabía mejor que nada que hubiese probado nunca; el sabor de su piel y sus besos, una combinación embriagadora.

Estaba respondiendo de tal forma, que Rogan quería tumbarla sobre la moqueta y hacerla suya allí mismo. Entrar en ella una y otra vez hasta que gritase su nombre durante el clímax, fieramente, envolviéndolo con sus espasmos mientras la llevaba hasta el final.

Sin pensar, la empujó suavemente hacia el escritorio, abrió sus piernas con un pie y se colocó en medio, apretándose contra ella en un intento de aliviar su deseo. Pero solo consiguió que el ansia aumentase hasta que lo único podía hacer era frotarse rítmicamente contra ella. La ropa no era una barrera para la satisfacción que encontraba entre las piernas de Elizabeth mientras empujaba una y otra vez, más deprisa, más fuerte. Hasta que pensó que perdería la cabeza si no la hacía suya.

Aquello era una locura, se dio cuenta Elizabeth.

El miembro de Rogan apretado contra su entrepierna creaba un incendio en su interior que rápidamente se extendió por todo su cuerpo, amenazando con hacerle perder la cabeza.

No podía hacer aquello.

−¡No, Rogan! −exclamó, empujando su cabeza
cuando su protesta no surtió efecto−. No puedo, de
verdad −repitió con voz ronca, mirándolo a los
ojos.

Unos ojos oscuros y tan peligrosos como los
del predador por el que lo había tomado la primera
noche.

El aire estaba cargado de tensión y Elizabeth
solo podía esperar, tensa, para ver si su súplica hacía efecto. Porque si no, sabía que estaba en serio
peligro, aplastada entre Rogan y el escritorio. No
había manera de resistirse a un hombre como él y,
en aquel momento, aún débil por los besos y las
caricias, no estaba segura de querer hacerlo...

Siguió mirándolo a los ojos durante unos segundos, sin respirar, sin moverse, las palmas de las
manos sudorosas, las piernas temblando.

Rogan, por fin, se dio la vuelta para pasarse una
mano por el pelo y respirar profundamente.

Dejando que Elizabeth respirase también.

¿Qué había pasado? Y sobre todo, ¿cómo había
pasado?

Ella no salía mucho y nunca había tenido ese
tipo de relación con un hombre. Una relación ex-
clusivamente física.

No había dejado que Rogan se acercase a ella,
él había aprovechado la oportunidad.

Y ella había respondido a un magnetismo animal que la atraía como la polilla a la llama. Al ansia de sus besos, a las caricias de sus manos, a la fiera demanda de sus fuertes muslos.

Elizabeth volvió a sentir una oleada de calor entre las piernas al recordar cómo se había apretado contra ella...

Había deseado a Rogan como no había deseado a nadie; desesperadamente. Tanto, que no habría podido detenerlo si él hubiera querido seguir tocándola. Si le hubiese quitado la ropa para tumbarla sobre el escritorio y satisfacer su deseo...

Sí, estaba en peligro.

Capítulo 5

ROGAN seguía respirando agitadamente cuando se volvió para mirar a Elizabeth. –Bueno, ha sido…

–¡Una estupidez! –exclamó ella, con las mejillas encendidas, sus pechos subiendo y bajando rápidamente.

–Yo iba a decir inesperado.

La doctora de Historia que catalogaba bibliotecas en su tiempo libre sencillamente no era su tipo. En absoluto.

Pero lo excitaba de tal forma, que había querido romper ese frío aspecto exterior para ver cómo esa mujer tan contenida se deshacía entre sus brazos.

Él vivía la vida como quería y donde quería, sin ataduras emocionales o de otro tipo. Eso le había funcionado durante los últimos quince años y quería que siguiera siendo así en el futuro.

Aunque Elizabeth Brown hubiera conseguido hacer que bajara la guardia como no recordaba que le hubiera pasado con ninguna otra mujer.

–Tienes razón, ha sido una estupidez –reconoció–. Lo mejor será que lo olvidemos… –en ese momento empezó a sonar su móvil–. Perdona un momento.

Elizabeth no sabía con quién estaba más enfadada, consigo misma por haber respondido de esa manera o con Rogan por haber aceptado tan rápidamente que era una estupidez.

Lo último, probablemente.

—Dile que la llamaré en cuanto tenga tiempo y no antes. Me da igual lo que quiera, Grant. Dile que la llamaré cuando esté de humor.

«La llamaré».

Rogan no podía estar diciéndole con más claridad que había una mujer en su vida. Sin duda, una mujer que también vivía en Nueva York, una mujer que seguramente habría pensado que no existía la amenaza de que su pareja acabase en los brazos de otra mujer...

Otra mujer que había dejado que Rogan Sullivan la besara y la tocara como no la había tocado nadie antes.

—¿Qué he hecho mal?

Elizabeth estaba tan enfadada consigo misma, que ni siquiera se dio cuenta de que Rogan había dejado de hablar por el móvil y estaba estudiándola.

—¿Quién ha dicho que hayas hecho algo mal?

—Tu expresión habla por ti.

Ella hizo una mueca.

—No sé por qué dices eso.

—¿Intuición masculina?

—¡Los hombres no tienen intuición!

—Ah, ya veo, tú eres una de esas.

–¿Perdona?

Rogan se encogió de hombros.

–Una mujer que odia a los hombres.

–Yo no odio a los hombres.

–Solo a mí, ¿eh?

Ojalá lo odiase, pensó ella. Pero la verdad era que estar en la misma habitación con Rogan la turbaba más de lo que la había turbado nada en su vida.

–No, en absoluto. Pero he entrado aquí, te he visto usando mi ordenador y, de repente, estabas besándome… y ahora que me doy cuenta, ¿cómo has descifrado mi contraseña? –Elizabeth frunció el ceño al darse cuenta de que se suponía que el acceso a su ordenador debería estar protegido.

Rogan había pensado que se olvidaría de ese espinoso asunto, pero por lo visto no era así.

–Es mejor que no te lo cuente –le dijo, haciendo una mueca.

–No, no, quiero que me lo cuentes.

–Tengo un doctorado en análisis de sistemas informáticos, ¿recuerdas?

–¿Y eso te da permiso para entrar en el ordenador de otra persona?

En realidad, le daba acceso a cualquier ordenador, pensó él. Pero no le daba permiso.

–Más o menos.

Elizabeth se cruzó de brazos.

–¿Cómo que más o menos?

Elizabeth Brown era una chica muy inteligente, pensó Rogan.

–Dame un ordenador, cualquier ordenador, y te

garantizo que podré entrar en él en cuestión de minutos –le dijo, con una sonrisa de disculpa.

–¿Eso no es ilegal?

–Algunos podrían decir que sí.

–¿Qué dirías tú?

–Que es útil.

Elizabeth sacudió la cabeza, atónita ante su falta de arrepentimiento.

–¿Y a ti te parece bien hacer eso?

Rogan volvió a encogerse de hombros.

–Ese es mi trabajo.

–¿Qué clase de trabajo requiere que entres en los ordenadores de otras personas?

–Si te lo contase, tendría que matarte después.

–No me tomes el pelo, Rogan.

–¿Quién ha dicho que te esté tomando el pelo? –sonrió él, levantando las cejas.

–Yo lo digo.

–Mira, no tengo costumbre de dar explicaciones y compartir un par de besos con alguien no le da derecho a hacer preguntas o a meterse en mi vida.

Elizabeth lo miró, perpleja.

–Yo no…

–Oh, sí, desde luego que sí. Y aunque los besos han sido estupendos y probablemente lo serían otra vez si tuviéramos oportunidad…

–¡No habrá más oportunidades!

–Yo creo que deberías saber que no me interesan las relaciones sentimentales –siguió él, como si no la hubiera oído.

Elizabeth nunca se había sentido tan incómoda ni tan humillada en toda su vida.

Rogan no podía haberle dicho con más claridad que no leyese nada en los besos. ¡Como si fuera a hacerlo! Lo que quería era olvidarlos cuanto antes.

—Estupendo porque yo tampoco.

—¿Eso significa que no tienes ningún problema con las aventuras informales?

—No, significa que no tengo relaciones de ningún tipo con hombres como tú. Estamos aquí juntos por las circunstancias y sugiero que durante el resto del tiempo intentemos no molestarnos el uno al otro.

Rogan asintió con la cabeza.

—Me alegro de haberlo aclarado.

—¡Yo también! —Elizabeth nunca había sentido tal deseo de abofetear a nadie.

—¿Eso significa que no vamos a cenar juntos? —sonrió Rogan.

¿Cenar? Estaba tan enfadada con él y con ella misma, que no sería capaz de probar bocado.

—Prefiero cenar en mi habitación.

—Eso es un poco grosero, ¿no te parece? ¿Cenabas en tu habitación cuando mi padre estaba aquí?

—No, claro que no.

—Entonces tampoco tienes que hacerlo ahora.

¿Tener que hacerlo? Elizabeth necesitaba alejarse de Rogan Sullivan para recuperar la compostura.

—Me gustaría ponerme a trabajar si no te importa —murmuró, dándole la espalda.

—Muy bien. Nos vemos en la cena.

Elizabeth seguía en el mismo sitio, en el centro de la biblioteca, inmóvil, minutos después de que Rogan hubiera salido.

La había besado y ella le había devuelto el beso. Maldita fuera, no solo lo había besado, prácticamente se lo había comido. Aún deseaba hacerlo…

Rogan era todo lo que ella había soñado en un hombre. Todo lo que nunca había pensado encontrar en su aburrida vida académica.

Pero que hubiera perdido todas sus inhibiciones con un hombre del que no sabía absolutamente nada era preocupante.

La había besado como si quisiera devorarla, como si quisiera enterrarse profundamente en ella y…

¡Y ella no sabía nada sobre Rogan Sullivan!

Rogan había aparecido en medio de la noche y la única manera de ponerse en contacto con él era a través de un apartado de correos en Nueva York. Había entrado en su ordenador, averiguando su contraseña sin molestarse en comprobar de quién era. Se negaba a devolver las llamadas de su novia…

Era absolutamente misterioso sobre su pasado y, evidentemente, no tenía la menor intención de compartir detalles sobre su vida con ella.

De modo que no había sido solo tonta al responder de esa forma a sus caricias; se había comportado de una manera irresponsable. Ser irresponsable era algo que ella no era nunca con un hombre y menos un hombre que le recordaba tanto a su padre, que también decía no querer ataduras permanentes en su vida…

Leonard Brown. Guapo, atractivo, reservado. Y totalmente inmoral.

Leonard trabajaba para el empresario James Britten cuando conoció a Stella Britten. Una belleza pelirroja de solo veintiún años, adorada por su padre y cortejada por docenas de jóvenes que querían adueñarse de su corazón, o más bien de la fortuna de los Britten, Stella apenas se había fijado en Leonard, un hombre de más de treinta años entonces, cuando iba a ver a su padre a la oficina.

Pero entonces James Britten había muerto repentinamente y Leonard estaba allí, consolándola, ofreciéndole un hombro sobre el que llorar. Ofreciéndose a ayudarla a lidiar con todo lo que tendría que lidiar tras la muerte de su padre... de modo que Stella, la única y adorada hija de James Britten, pronto se quedó embarazada.

Se habían casado seis meses después y, aunque la compañía seguía a nombre de Stella, Leonard había pasado a ocupar el cargo de presidente. Algo que le iba como anillo al dedo porque así podía dejarle el trabajo a otros mientras él iba a comidas y cenas y viajaba por asuntos «de negocios».

Años después, Leonard había encontrado otras mujeres, una nueva en cada ciudad que visitaba, a pesar de tener una esposa enamorada y una hija que lo esperaban en Londres.

Una esposa que lo quería tanto, que estaba dispuesta a mirar hacia otro lado mientras su marido volviera a casa, pero a medida que pasaban los años se había ido sintiendo cada vez más desencantada con un hombre que no podía serle fiel. Tanto que empezó a beber cada vez que Leonard se iba de viaje para no imaginarlo con otras mujeres.

Stella había bebido mucho la noche que su coche chocó contra un muro de cemento y murió instantáneamente...

Elizabeth tenía dieciocho años entonces y se juró a sí misma que nunca, jamás se enamoraría de alguien como su madre había estado enamorada de su padre.

¿De la misma forma que Maggie Sullivan había estado enamorada de Brad?

Era irónico, increíble en realidad, que dos personas tan diferentes como Rogan y ella se hubieran convertido en los adultos que eran debido al desastroso matrimonio de sus padres.

Rogan, tan solitario como ella pero salvaje e indomable. Y tan decidido a no enamorarse nunca como ella.

—¿Una copa de vino tinto? —Rogan señaló la copa que tenía en la mano—. ¿Elizabeth? —la llamó, frunciendo el ceño al ver que se quedaba en la puerta del salón.

Pero, por el momento, ella no podía moverse. De hecho, parecía clavada al suelo desde que vio a Rogan.

Un Rogan tan guapo esa noche que literalmente la dejó sin aliento.

Durante las últimas veinticuatro horas se había acostumbrado a verlo vestido de negro y con esas botas militares que parecían cuadrar con su aura de peligro.

Aquella noche, en cambio, llevaba una camisa

de seda color café que se ajustaba a su ancho torso y un pantalón de vestir del mismo color. Pero con el pelo apartado de la cara y sus oscuros y enigmáticos ojos, tenía el mismo aspecto amenazante que con la ropa negra.

—¿Elizabeth? —insistió.

¿Qué le pasaba a aquella mujer?

Había decidido cambiarse de ropa para cenar, pero a medida que se acercaba la hora y no aparecía empezó a preguntarse si iban a cenar juntos o no. Si no la había asustado del todo esa tarde cuando estuvo a punto de hacerle el amor sobre el escritorio de su padre…

Pero ahora estaba allí, en la puerta, inmóvil y en silencio. Aunque hasta aquel momento, Elizabeth Brown había tenido mucho que decir sobre casi todo.

Y no era nada desagradable mirarla, no. El pelo rojo peinado con ese estilo suyo tan propio, las largas pestañas enmarcando unos ojazos preciosos. Y, además, se había puesto brillo en los labios. El vestido de color azul cobalto que llevaba realzaba su figura.

¿Quién hubiera imaginado que bajo el poco favorecedor pijama y el pantalón que había llevado por la mañana Elizabeth Brown tuviera unas piernas de escándalo? Ligeramente bronceadas, eran esbeltas y bien torneadas, los tobillos finos sobre unas sandalias de tacón.

La doctora Brown no era solo guapa, estaba para comérsela.

—No, gracias —contestó por fin.

El brillo de enfado que veía en sus ojos azules le dijo que había notado su mirada de admiración y no le había gustado nada.

En fin, una pena. Si no quería que la mirasen, si no quería que él la mirase, debería seguir poniéndose pantalones y blusas cerradas.

—¿Es que prefieres vino blanco o quieres otra cosa?

—No, gracias. No bebo alcohol —contestó Elizabeth, dejándose caer sobre uno de los sillones—. En absoluto —añadió, para que no hubiera más confusiones.

—Me alegro por ti —dijo Rogan, burlón, antes de sentarse en el sillón de enfrente—. ¿Fumas?

—No.

—¿Tomas drogas?

—¡Desde luego que no!

—¿Te acuestas con hombres casados?

Elizabeth dejó escapar un suspiro.

—Rogan…

—¡Era una broma! —rio él—. Bueno, de modo que eres una mujer que no tiene vicios.

Era una afirmación más que una pregunta y Elizabeth no se molestó en contestar. ¿Cómo iba a hacerlo cuando aquella tarde se había derretido literalmente en sus brazos?

—¿Y tú, Rogan? Evidentemente, tú sí bebes alcohol.

—Con moderación —dijo él, levantando su copa.

—¿Fumas?

—Hace años que no lo hago.

—¿Tomas drogas?

–Nunca –contestó.

Elizabeth enarcó una ceja.

–¿Te acuestas con mujeres casadas?

–De nuevo, nunca.

–¿Y con mujeres que no estén casadas?

–Tengo treinta y tres años, Elizabeth, ¿tú qué crees? –sonrió él.

–Pues creo que, como tú has dicho antes, no es asunto mío.

Rogan sonrió de nuevo, sus dientes muy blancos en contraste con la piel bronceada.

–Imagino que no querías hacer esa pregunta.

No, era cierto. Pues claro que Rogan Sullivan se acostaba con mujeres, aunque seguramente a veces ni siquiera tenía que «acostarse».

A Elizabeth no le gustaba que su mirada oscura la siguiera mientras cruzaba las piernas y, de inmediato, las descruzó.

–Tal vez deberíamos cenar.

–Pareces un poco tensa esta noche.

–No estoy tensa en absoluto.

–¿No?

–No –contestó Elizabeth, sabiendo que su tono, y que se levantase bruscamente, negaba lo que decía.

¿Qué tenía aquel hombre que la hacía sentirse tan incómoda? ¿Tan diferente a la mujer compuesta y eficiente que era? Fuera lo que fuera, tenía que pararlo.

–Creo que es hora de que vayamos a cenar –insistió.

–Muy bien –asintió él, levantándose y colocándose a su lado.

Y, de inmediato, Elizabeth tuvo que tragar saliva. Ella no bebía alcohol, no fumaba, no tomaba drogas, ni se acostaba con hombres casados o que no lo estuvieran. Pero estar en la misma habitación con Rogan Sullivan la hacía desear hacer esto último al menos. Sentía el deseo de desnudarlo y…

Rogan observó que se ponía colorada.

—Daría mil dólares por saber lo que estás pensando ahora mismo.

Ella lo miró, alarmada.

—Pues estarías malgastando el dinero.

—Es mi dinero, puedo gastarlo como quiera.

Elizabeth se encogió de hombros.

—Solo estaba pensando en los libros que debo catalogar mañana.

Rogan bajó la mirada y ella abrió el puño de inmediato.

—Que algo te delate es muy molesto, ¿eh?

—No sé a qué te refieres.

—No, claro que no —sonrió él.

—Y me debes mil dólares.

—Los dos sabemos que estabas mintiendo y no te debo nada —Rogan dio un paso atrás para dejarla salir de la habitación, aunque no por cortesía, sino porque quería seguir admirando sus piernas y el suave movimiento de sus caderas mientras iba al comedor.

Desde luego, no había doctoras como Elizabeth Brown donde él había estudiado.

—¿Cuándo has dicho que pensabas volver a Estados Unidos? —le preguntó después de que la señora Baines sirviera el salmón.

Estaban solos en el comedor y el último sol de la tarde que se colaba por las ventanas hacía que encender las velas fuera innecesario. Afortunadamente. La luz de las velas habría hecho que aquella pareciese una cena íntima y no lo era en absoluto.

Elizabeth no se engañaba a sí misma y sabía que, en circunstancias normales, Rogan nunca se habría fijado en una mujer como ella. Estaba segura de que le gustaban mujeres más exóticas que una doctora de Historia que, a los veintiocho años, ni bebía ni fumaba ni tenía sexo.

—No recuerdo haberte dicho cuándo me iba.

—Pensé que solo te quedarías para el funeral de tu padre.

—Sí, bueno, imagino que me quedaré. Aunque no me gustan las hipocresías.

—Aun así…

—Aun así, sí —la interrumpió él—. Sin duda tú eres una hija perfecta y visitas a tus padres cada semana. Probablemente vas a comer con ellos los domingos.

Elizabeth no sabía cómo contestar a eso. ¿Qué podía decir cuando no había visto a su padre desde la discusión que siguió a la lectura del testamento de su madre diez años antes?

—Sin duda —murmuró sin mirarlo.

—O tal vez a cenar los viernes por la noche —insistió él.

—Tal vez.

Rogan la miró en silencio durante unos segundos.

–¿O tal vez, como yo, prefieres no ver a tu familia?

Elizabeth se puso colorada hasta la raíz del pelo.

–Me parece que esta conversación no era sobre mí.

–Sí lo era –Rogan dejó de fingir que estaba interesado en el salmón y se echó hacia atrás en la silla–. Podemos hacer esto de la manera más fácil o la más difícil, tú eliges.

–No creo que…

–Muy bien, de la manera más difícil –la interrumpió él–. ¿Tus padres están vivos?

–No.

–¿Los dos han muerto?

–No –suspiró Elizabeth.

–¿Tu madre ha muerto?

–Sí.

–¿Y tu padre?

–Rogan…

–No te gusta hablar de ti misma, ¿eh? Venga, Elizabeth, cuéntamelo.

–Mi padre está vivo –dijo ella por fin.

–¿Y?

–Y nada más.

Rogan sonrió.

–Admítelo, no te gusta como a mí no me gustaba mi padre.

Elizabeth hizo una mueca.

–No es que me guste o me deje de gustar. Mi padre y yo llevamos vidas completamente diferentes. Él… volvió a casarse poco después de la muerte de mi madre, hace diez años.

Y eso debió dolerle mucho, pensó Rogan.

–¿Tienes una madrastra perversa?

–No lo sé, no la conozco.

–¿Y tu padre? ¿Sigues viéndolo?

–Nos enviamos felicitaciones en navidad y tiene el número de mi móvil por si hubiera una emergencia –admitió Elizabeth.

–¿Y?

–Por el momento no ha habido ninguna.

Rogan intuyó en ella el mismo odio que él había sentido por su padre.

–Entonces parece que tenemos más cosas en común de las que creíamos.

En realidad no tenían mucho en común. Pero los dos habían tenido una infancia difícil, la prematura muerte de su madre y una relación de amor–odio con el padre.

En el fondo, donde realmente importaba, Elizabeth y él eran más parecidos de lo que a Rogan le gustaría.

Capítulo 6

DÓNDE vas tan temprano? Elizabeth, con una bolsa en la que llevaba la toalla y el bañador al hombro, estaba llegando al pie de la escalera cuando oyó la voz de Rogan.

Como él decía era muy temprano, poco más de las siete, pero Rogan ya estaba levantado y vestido, con una camiseta y un pantalón negros de nuevo, el pelo mojado de la ducha.

Y, como siempre, Elizabeth tuvo que tragar saliva al verlo, pero intentó disimular.

–Me gusta darme un baño por la mañana.

Y aquella mañana en concreto lo necesitaba más que nunca tras la conversación sobre su padre durante la cena. Una conversación que había despertado recuerdos amargos y provocado que no pegase ojo en toda la noche.

–¿Dónde?

–En mi gimnasio cuando estoy en Londres, pero aquí me baño en el mar.

El agua del mar no era buena para su pelo, pero nadar era la mejor manera de empezar el día y no veía ninguna razón para cambiar de rutina cuando podía ir dando un paseo hasta la playa.

Rogan la miró, pensativo.

—Y seguro que lo has estado haciendo cada mañana desde que llegaste aquí.

Elizabeth enarcó una ceja.

—Pues claro.

—¿Sola?

—Sí.

—¿Sin decirle a nadie dónde ibas? .

—Rogan…

—¡Por el amor de Dios! ¿Eres tan tonta como para no decírselo a nadie? ¿Y si te hubiera pasado algo? —exclamó él entonces mientras bajaba los escalones.

Elizabeth tuvo que inclinar hacia atrás la cabeza para mirarlo a los ojos.

—Que yo sepa, no soy tonta. Sencillamente, me gusta nadar a primera hora de la mañana…

—¡En un mar que es peligroso en los mejores días y trágico en los peores! —exclamó Rogan.

—Te aseguro que siempre tengo cuidado.

—Estamos en Cornualles, el peor sitio de la costa para los barcos y el mejor para ahogarse. Por mucho cuidado que tengas nunca será suficiente.

—Rogan, no me va a pasar nada…

—No me hables con ese tono condescendiente —la interrumpió él—. No soy uno de tus alumnos y a mí no se me asusta tan fácilmente.

Elizabeth dudaba que ella pudiera enseñarle algo. En cuanto a lo de dar miedo… con aquella actitud, era Rogan quien lo daba.

—Mira…

—No, mira tú —volvió a interrumpirla él—. O cambias de planes y no vas a nadar o yo voy contigo para comprobar que no te ahogas.

Ella levantó la barbilla en un gesto de desafío, aunque la idea de ver a Rogan en bañador había hecho que se le acelerase el pulso. En realidad, solo con tenerlo cerca se le aceleraba el pulso.

—Puede que tengas por costumbre dar órdenes, pero a mí no puedes decirme lo que tengo que hacer.

—Puedo evitar que vayas a nadar en una playa privada. Mi playa privada ahora –le recordó él.

Sí, sin duda podía hacerlo.

—Tengo veintiocho años y soy perfectamente capaz de decidir por mí misma lo que es o no es peligroso.

—¡Mi madre tenía cuarenta y dos años, pero eso no evitó que se ahogara en la playa en la que tú vas a nadar ahora! –exclamó Rogan, apretando los dientes.

Elizabeth recordó entonces que Maggie Sullivan se había ahogado allí, tal vez saltando al mar desde el acantilado. Pero no sabía que fuera el mismo sitio en el que ella nadaba cada mañana…

—Lo siento, Rogan. Cuando he dicho eso, no sabía…

—Ahórrate las disculpas –dijo él con tono helado–. ¿Has decidido olvidarte de ir a nadar o tengo que ir contigo?

—¿Hablas en serio?

—Hay momentos para tomarse las cosas a broma y este no es uno de ellos.

Imaginar el cuerpo de Elizabeth roto y sin vida en la playa hacía que se le helara la sangre.

—O voy contigo —insistió— o no vas. Tú decides —añadió, cruzando los brazos sobre el pecho en un gesto beligerante.

—Parece que no hay mucha elección, ¿no?

Rogan no se molestó en contestar mientras la estudiaba con los ojos semicerrados. Elizabeth parecía cansada esa mañana. Estaba pálida y tenía ojeras.

Había estado muy callada por la noche, casi introspectiva tras la conversación sobre su padre. Pero como tampoco él estaba de humor, no había hecho ningún esfuerzo.

No dejaba de decirse que Elizabeth Brown no era su tipo. Era demasiado reservada, demasiado seria… y lo peor de todo, bajo ese helado exterior, él sabía que sus emociones eran demasiado frágiles.

Estaba convencido de ello, pero su cuerpo parecía tener otras ideas.

—Muy bien —asintió Elizabeth por fin—. Pero no voy a la playa para mojarme los pies, me gusta nadar de verdad, hacer ejercicio.

Rogan sonrió.

—¿Crees que no estaré a la altura?

No, Elizabeth estaba absolutamente segura de que Rogan podría ganarle en cualquier deporte. Ese era el problema. Él era el problema.

La enfurecía, la retaba. Y, sobre todo, la turbaba…

—Esperaré aquí mientras vas a buscar el bañador y la toalla.

—¿No vamos a bañarnos desnudos? —bromeó Rogan.

—Lo siento mucho, pero no —contestó ella, apartando la mirada.

—*C'est la vie* —Rogan se encogió de hombros—. Bajaré en un minuto —le prometió, antes de subir los escalones de dos en dos.

Un minuto no era tiempo suficiente para que Elizabeth pudiera ordenar sus pensamientos y controlar su imaginación. Especialmente cuando imaginaba a Rogan Sullivan nadando desnudo...

Rogan la observaba mientras se quitaba la camiseta y el pantalón corto... bajo el que no llevaba el bikini que él había soñado, sino un sencillo bañador negro.

Un bañador de competición, además, que resultaba más sexy de lo que podría serlo cualquier bikini porque se pegaba a la curva de sus pechos, a su estrecha cintura y delgadas caderas.

Y esas largas piernas...

Rogan sintió que la temperatura de su cuerpo, además de otras cosas, aumentaban al mirarla. Demonios, aquella mujer era tan sexy, que estaba logrando destrozar su normalmente fiero autocontrol.

Tirarse de cabeza al agua fría era exactamente lo que necesitaba. Porque en aquel momento, evidentemente excitado, estar de pie podría ser un problema.

Elizabeth lo miró entonces.

–¿Has decidido que el agua está demasiado fría?

Él enarcó una ceja.

–¿Es un reto, doctora Brown?

–Podría serlo, doctor Sullivan. ¿O es teniente Sullivan?

En realidad, era capitán.

–No, «señor Sullivan» últimamente –respondió él, burlón, antes de quitarse la camiseta.

Y Elizabeth no pudo esconder un gemido de horror al ver las cicatrices que tenía en el torso.

Había varias cicatrices largas en su espalda que parecían hechas por un cuchillo o un látigo. Pero eran las que tenía en el torso lo que más la alarmó. Eran tres heridas de bala, una en el estómago, otra en el hombro izquierdo y otra sobre el corazón.

–¿Rogan? –murmuró, sin voz–. ¿Qué te ha pasado?

–Evidentemente, me dispararon –dijo él–. Ocurre cuando eres soldado, Elizabeth.

Ella sacudió la cabeza, incrédula, sin dejar de mirar las cicatrices. Y entonces y, sin pensar, alargó una mano para tocar la que tenía sobre el corazón.

–¿Cuándo ocurrió?

–Dejé el ejército hace cinco años.

–Eso no responde a mi pregunta.

Rogan suspiró.

–Deberías saber que no me gustan las preguntas –le dijo, bajándose los vaqueros.

Elizabeth no pudo disimular su pena al ver que había más cicatrices en sus muslos.

–Rogan…

–A la mayoría de las mujeres les excita ver las cicatrices.

–A esas mujeres no se les ocurre pensar en lo que tú tienes que haber sufrido.

–La conversación ha terminado –dijo Rogan entonces.

–Podrías haber muerto…

–Pero estoy vivo.

–Oye…

–Déjalo, Elizabeth –suspiró él, tirando las gafas de sol sobre la toalla–. ¡Venga, te echo una carrera hasta esa roca plana de allá!

Rogan corrió por la arena hacia el borde del agua antes de volverse para ver si había aceptado el reto. Elizabeth iba unos metros por detrás de él, sus ojos azules brillando decididos, las mejillas coloradas por el esfuerzo.

–La conversación no ha terminado.

–Si yo digo que sí, es que sí.

–¡El último que llegue a la roca tiene que llevar las dos bolsas hasta la casa! –le gritó Elizabeth, lanzándose de cabeza al agua.

Rogan se quedó mirándola, viendo cómo nadaba con poderosas brazadas. No le sorprendía en absoluto que nadase como lo hacía todo: con maestría y eficacia. La misma eficacia que le había hecho entender que sus heridas no eran fruto de un combate normal…

–¿Qué eres, nadador olímpico? –Elizabeth estaba jadeando cuando llegó a la roca plana. Apenas había nadado la mitad de la distancia cuando Rogan la había adelantado y llevaba allí unos segundos, esperándola.

Mojado, su pelo parecía negro y sedoso, y las gotas de agua que rodaban por su torso desaparecían bajo el elástico del bañador...

Y la jadeante respiración de Elizabeth no era solo debida al cansancio.

—No soy nadador olímpico —contestó él, encogiéndose de hombros.

—¿Es una de esas cosas que aprendiste en el ejército?

—Sí.

—Pero no eras un soldado normal, ¿verdad? —insistió ella, sabiendo que los conocimientos de Rogan no se ajustaban a esa descripción.

Y las cicatrices que había visto solo confirmaban sus sospechas.

—Ya te he dicho que no quiero seguir hablando de eso.

—¿No quieres seguir hablando ahora o nunca?

—Nunca.

—¿Porque, como dijiste, tendrías que matarme si lo hicieras o porque no quieres hacerlo?

Él se volvió para mirar el mar.

—Tal vez las dos cosas.

—¿Tal vez?

—¿Por qué tienes tanto interés, Elizabeth? —le preguntó Rogan, volviéndose para mirarla.

—No pensarás que estoy intentando sacarte información para el otro bando, ¿verdad?

—¿Quién es el otro bando hoy en día? —rio él—.

Yo no lo sé y estoy seguro de que nadie lo sabe ya.

—En otras palabras, que podría ser la mujer que está a tu lado —dijo Elizabeth, pensativa.

—¿Es así?

—¡No digas tonterías!

—¿Estoy diciendo tonterías? ¿Qué sabía mi padre sobre ti cuando te contrató, por ejemplo?

—Que vivía en Londres, que era doctora en la universidad.

—¿Quiénes son tus colegas? ¿Tus amigos? ¿Cuáles tus inclinaciones políticas?

—No tengo inclinaciones políticas… todos los políticos son igual de malos —contestó Elizabeth—. Y mis colegas son profesores como yo.

—¿Y tus amigos?

Ella se movió, incómoda.

—Tengo un par de amigas de la universidad con las que me mantengo en contacto.

—¿Y hombres? —insistió Rogan—. ¿Con quién te acuestas? ¿Con quién compartes charlas de almohada?

—¿Charlas de almohada? —repitió ella.

—Si lo prefieres, conversaciones después del coito…

—¡Yo no comparto ese tipo de conversaciones!

Rogan se movió un poco. Ahora estaban a unos centímetros, su muslo rozando el de Elizabeth.

—¿No hablas nunca después de hacer el amor?

Ella sentía que le ardían las mejillas y todo el cuerpo. ¿Por la proximidad de Rogan? ¿Por la conversación?

–No.

–¿Es que no hay un hombre en tu vida con el que compartir esas charlas?

–¡Deja de interrogarme!

–Créeme, eso es mejor que lo que de verdad quiero hacer.

Elizabeth apartó la mirada al ver que sus ojos se habían oscurecido. Pero no sirvió de nada porque sentía que sus pechos se habían hinchado y sus pezones se marcaban bajo el bañador.

–Seguramente deberíamos volver…

Pero entonces Rogan levantó una mano y empezó a acariciar su cuello. Elizabeth no podía moverse, totalmente cautivada por la intensidad de sus ojos. Sus labios estaban húmedos cuando buscó su boca, al principio tentativamente, luego de manera ansiosa mientras la estrechaba entre sus brazos.

Su respuesta fue instantánea y sorprendente para ella; Elizabeth se agarró a sus fuertes hombros con las dos manos mientras Rogan seguía devorándola.

No tenía fuerza de voluntad para protestar mientras la tumbaba sobre la roca y, perdida en el placer de sus besos, acariciaba su espalda trazando las cicatrices con los dedos.

Rogan levantó una mano para acariciar la curva de sus pechos, rozando un pezón con la yema del dedo… esas caricias crearon un río de expectación y placer entre sus piernas.

Quería… oh, quería…

–Por favor –murmuró cuando Rogan inclinó la cabeza para buscar el pezón con los labios por encima del bañador, tirando de él, rozándolo con la lengua…

Había muy poca ropa entre ellos, solo la delgada tela del bañador, pero seguía siendo demasiado en opinión de Rogan. Él quería ver, tocar, besar, cada centímetro de su piel.

Se apartó un poco, con desgana, pero solo para bajar los tirantes del bañador y revelar sus pechos, hinchados y generosos, los pezones rosados, perfectos en su estado de excitación.

La piel de sus manos parecía oscura en comparación con la complexión de porcelana de Elizabeth. Frotó los pezones suavemente entre el pulgar y el índice. Rogan sintió que su entrepierna latía con un ritmo placentero cuando ella se incorporó un poco, apoyando las manos en la roca, para ponérselo más fácil.

Y dejó escapar un gruñido de satisfacción mientras se colocaba entre sus piernas e inclinaba la cabeza para tomar un pezón entre los labios, chupando, mordiendo, tirando de él… los gemidos de Elizabeth hicieron que tuviese que hacer un esfuerzo sobrehumano para controlarse.

Su erección era dura y gruesa, frenética de deseo, y Rogan estuvo a punto de perder el control al pensar en sus labios rozándolo a él de manera tan íntima.

Respiraba con dificultad cuando por fin levantó la cabeza.

–Tócame, Elizabeth.

Ella obedeció, deslizando una mano por su duro

abdomen para tocarlo entre las piernas. Pero eso no era suficiente...

Rogan se bajó el bañador y Elizabeth dejó escapar un gemido ante la evidencia física de su estado, acariciándolo hasta que se puso aún más duro.

Era acero envuelto en terciopelo, la sangre pulsando fieramente mientras crecía en su mano.

Ella misma estaba tan tensa que sentía como si hubiera un muelle en su interior a punto de saltar y no ofreció resistencia cuando Rogan tiró de su bañador hasta quitárselo del todo.

–Voy a terminar si no paramos –dijo él.

Elizabeth se pasó la lengua por los labios, levantando las caderas en un gesto de invitación mientras seguía acariciándolo.

Y dejó escapar un gemido cuando Rogan introdujo una mano entre sus piernas. Podía ver la oscura pasión en sus ojos y sabía por el brillo salvaje que había en ellos lo excitado que estaba.

Elizabeth gritó cuando la tocó entre las piernas. Estaba tan excitada, a punto del clímax...

Rogan deslizó un dedo por el triángulo de rizos entre sus piernas, acariciándola alrededor, sin tocar ese sitio que ella deseaba que tocase, haciendo que moviese las caderas en busca de sus dedos.

Rogan abrió sus piernas un poco más para acariciar la entrada de su cueva y la encontró húmeda para el.

Un suave gemido escapó de su garganta cuando introdujo la punta de un dedo, sus músculos cerrándose a su alrededor, los suaves jadeos diciéndole lo cerca que estaba de explotar.

–Aún no –Rogan apartó el dedo para seguir acariciándola alrededor, por encima, por debajo, sin tocar nunca…

Seguía tocándola así cuando bajó la cabeza para tomar un pezón en la boca, gruñendo al sentir que Elizabeth enredaba los dedos en su pelo para sujetar allí su cabeza.

–Por favor –le suplicó–. Por favor…

–Dilo otra vez, Elizabeth –murmuró él–. Di mi nombre otra vez, maldita sea.

–¿Rogue? –murmuró ella, sin aliento.

–¡Sí! –exclamó él–. Dilo, Beth, dilo.

–Rogue, Rogue, Rogue… –sus palabras se convirtieron en una letanía mientras Rogan besaba su vientre y sus caderas hasta llegar a los húmedos rizos entre sus piernas. Y esa letanía se convirtió en un grito cuando rozó con la lengua el centro de su deseo.

Elizabeth se arqueó para recibir sus caricias, el placer amenazando con partirla en dos. Sus músculos se contraían mientras Rogan seguía acariciándola con la lengua hasta que por fin, completamente saciada, se dejó caer hacia atrás.

Pero en cuanto la fría piedra rozó su espalda volvió a la realidad de dónde estaba, con quién estaba y qué había pasado.

–El remordimiento siempre me ha parecido una emoción sin sentido –murmuró Rogan unos minutos después, cuando Elizabeth no apartó el brazo con el que se tapaba la cara. Como si no verlo pudiera cambiar lo que había pasado.

Lo cual era ridículo cuando los dos estaban completamente desnudos.

Rogan se apoyó en un codo para mirarla. Sus pechos estaban ligeramente enrojecidos por el roce de su barba, los pezones aún duros de sus caricias y los rizos entre sus piernas húmedos todavía.

—Beth…

—No quiero hablar de eso ahora –lo interrumpió ella, bajando el brazo.

—¿O nunca?

—¡O nunca! –repitió Elizabeth, buscando el bañador.

¿Qué le había pasado? ¿Cómo podía haber perdido la cabeza de esa manera?

¿Cómo podía haber sido tan tonta?

—Me gusta tu pelo así…

—¡No me toques!

—Pues no parecía molestarte hace cinco minutos –dijo él.

Elizabeth sintió que le ardían las mejillas al recordar dónde y cómo la había tocado. Estaba tan excitada, tan desesperada por acariciarlo, por recibir de él lo que necesitaba…

Tuvo que tragar saliva, nerviosa.

—Debo haber perdido la cabeza.

—Sí, es verdad. Has perdido la cabeza por completo.

—¿Tienes que ser tan arrogante?

Rogan se encogió de hombros.

—Es la reacción natural de un hombre que sabe que le ha dado placer a su mujer.

—¡Yo no soy tu mujer!

—Si quieres, podrías serlo —dijo él.

Aunque no sabía cómo podría lidiar con alguien como Elizabeth Brown en su vida. Pero darle placer una vez no había sido suficiente y quería hacer el amor con ella una y otra vez…

La idea de que lo rozase con los labios hacía que se pusiera duro de nuevo. Imaginaba su lengua acariciándolo de arriba abajo…

—¿Durante cuánto tiempo? —replicó Elizabeth.

—No lo sé, durante el tiempo que durase.

—¿El tiempo que durase una relación puramente sexual?

—Claro.

—No, lo siento. No me apetece nada convertirme en una más en la que, no tengo la menor duda, será una larga lista de mujeres —replicó ella, como si la hubiera insultado.

La frialdad de su rechazo fue como una bofetada para Rogan.

—¿Mis caricias no están a la altura del oscuro predador de tu novela? —le preguntó, sarcástico.

Elizabeth enrojeció hasta la raíz del pelo. Después de lo que había pasado, ¿cómo podía sugerir que sus caricias no estaban a la altura? La experiencia había sido mucho más de lo que nunca hubiera podido imaginar.

—Tengo que volver a casa —dijo ella abruptamente—. Intenta que no te pille la marea —añadió con falsa dulzura mientras se levantaba para ponerse el bañador.

Suspirando pesadamente, Rogan se dejó caer sobre la fría roca.

Evidentemente, Elizabeth quería olvidar lo que había pasado, pero era imposible que él lo olvidase. La apasionada respuesta a sus caricias, a sus besos, los temblores del clímax…

Aunque quisiera, era de todo punto imposible que él olvidase nada de eso.

Capítulo 7

HACIENDO limpieza general?

Elizabeth se dio la vuelta para mirar a Rogan, que estaba en la puerta de la biblioteca.

—No, la he encontrado así.

«Así» era un auténtico caos. Todos los libros que antes habían estado en las estanterías estaban ahora en el suelo, y había que caminar sobre ellos.

Había temido enfrentarse con Rogan otra vez después del «incidente» de esa mañana, pero cuando entró en la biblioteca y se encontró con aquella sorpresa se olvidó por completo del apuro. Lo único que quería era sentarse en el suelo y ponerse a llorar en medio de tanta destrucción.

—¿Quién podría haber hecho algo así y por qué?

—Creo que en este momento lo que más me interesa es cuándo ha ocurrido —Rogan intentó abrirse paso entre los montones de libros.

—¿Cuándo?

—¿Esto ocurrió anoche, después de que nos fuéramos a la cama, y ninguno de los dos oyó nada? ¿O alguien ha entrado en la casa mientras estábamos en la playa?

Algo de color volvió a las mejillas de Elizabeth cuando mencionó «la playa».

–¿Falta algo? No, déjalo, es una pregunta tonta –dijo Rogan cuando Elizabeth lanzó sobre él una mirada impaciente–. Estaba intentando decidir si debemos decirle a la policía que es un simple acto de vandalismo o un robo.

–¿Un robo? –repitió ella, mirando el armario con puertas de cristal en una esquina de la biblioteca.

Un armario completamente vacío, con las dos puertas rotas.

–¿Ahí es donde estaban los libros valiosos? ¿El de Darwin y los otros de los que me hablaste?

–Me temo que sí –suspiró ella–. Pensé que lo mejor era tenerlos todos juntos bajo llave… pero creo que así se lo puse más fácil al ladrón. ¿Crees que debemos llamar a la policía?

–¿Tú no crees que debamos hacerlo?

–Sí, claro –Elizabeth se pasó las manos por los vaqueros–. Si a ti te parece bien…

–¿Y por qué no iba a parecerme bien?

–No, es que pensé que…

–¡No quiero saber lo que has pensado! –la interrumpió él, furioso–. ¿Imaginar que hago algo ilegal ha aumentado el placer esta mañana? ¿Lo ha hecho más excitante para ti?

–No hace falta que me insultes… –replicó, pálida.

–¿Qué crees que hago en Estados Unidos? Algo ilegal, evidentemente. ¿Venta de armas quizá? ¿Crees que me dedico al tráfico con drogas?

–¡No digas tonterías!

Elizabeth no tenía ni idea de lo que hacía en Estados Unidos. ¿Cómo iba a saber nada si Rogan no quería contárselo?

–¿Qué más se te ha ocurrido después de eliminar las armas y las drogas? –le preguntó él, cruzándose de brazos.

–No sigas por ahí…

–No, en serio. Estoy interesado.

Rogan podría estar interesado, pero Elizabeth sabía perfectamente que también estaba furioso. Y tal vez con razón.

–Pensé… en fin, había pensado que podrías ser un mercenario.

Él la miró con un brillo amenazador en los ojos.

–Es decir, que he pasado de ser un soldado que defendía su país a un asesino contratado por quien pague más dinero.

–No lo sé –admitió Elizabeth–. Tal vez si estuvieras más dispuesto a hablar sobre ti mismo no habría tantos malentendidos…

–¿Y estropearte la diversión? No, ni lo sueñes.

–Mira, te pido disculpas si te he insultado, ¿de acuerdo?

–No sé por qué iba a sentirme insultado. Total, que alguien te llame mercenario…

Elizabeth levantó los ojos al cielo.

–Mira, ya me he disculpado…

–Y entonces no pasa nada, ¿no? Todo está bien.

–No, evidentemente no todo está bien –admitió ella–. No tenía ninguna razón para especular sobre tu profesión.

–No, desde luego –asintió Rogan–. Y te aseguro que no tengo nada que ocultar a la policía. ¿Tú puedes decir lo mismo?

–¿Qué podría yo ocultar?

–No lo sé, dímelo tú.

–No sé de qué estás hablando…

–¿Cuánto dinero gana una doctora, Elizabeth? No creo que gane millones. Y por mucho que ganes, seguro que no te vendrían mal unos cientos de miles de libras.

–¿Crees que he sido yo? –exclamó ella, señalando alrededor–. ¿Que volví de la playa y destrocé la biblioteca para ocultar el robo de una primera edición?

–¡No creo que sea menos plausible que la idea de que yo sea un mercenario!

Tenía razón, pensó Elizabeth. Salvo que el salario de la universidad no era su única fuente de ingresos. El dinero que ganaba no era nada comparado con la herencia que le había dejado su madre.

Pero eso era asunto suyo y de nadie más.

–Creo que ya nos hemos insultado el uno al otro más que suficiente, ¿no te parece?

–No lo sé…

–¡Rogan! –le interrumpió Elizabeth–. Llama a la policía y deja que ellos se encarguen de la investigación.

Él la estudió con los ojos semicerrados. Sabía que estaba escondiendo algo. Que eso que escondía tuviese algo que ver con el robo en la biblioteca estaba por ver.

–Bueno, no ha servido de mucho, ¿no? –suspiró Rogan, frustrado, una hora después, mientras ayudaba a Elizabeth a recoger los libros y comprobar los títulos antes de colocarlos en montones.

La policía había comprobado que no había señales de allanamiento y, después de hacer el informe, se habían marchado. Todo en una hora.

—Ya te conté que había habido varios robos en la zona recientemente —dijo Elizabeth, mientras comprobaba el título de otro libro.

—Habría más posibilidades de encontrar al ladrón si se hubieran tomado un poco de interés por la escena del delito.

—No sabemos si ha habido un delito, aparte del evidente vandalismo, hasta que comprobemos si faltan las primeras ediciones.

Eso era lo que la policía les había dicho y la razón por la que estaban intentando poner orden en aquel desbarajuste.

Pero ella sabía que podían tardar horas, días incluso. Una cosa era catalogar una biblioteca con sus libros ordenados en las estanterías, otra muy diferente averiguar si alguno de ellos había sido robado cuando estaban amontonados en el suelo.

—Tal vez no tardemos mucho en saber si el Darwin sigue aquí o no —añadió, con el ceño fruncido.

—Parece que ahora necesito tus servicios más que nunca —murmuró Rogan.

—¿Qué quieres decir con eso?

—No quería decir nada —suspiró él, impaciente con la tensión que había entre ellos. Desde luego, el robo y la insultante conversación habían hecho que olvidasen por completo lo que había ocurrido por la mañana en la playa.

De hecho, lo convertía en una menudencia.

Y seguramente era lo mejor porque estaba más

decidido que nunca a marcharse de Inglaterra lo antes posible.

–Voy a pedirle a la señora Baines que nos haga un café. Puede que nos ayude a aguantar de pie –le dijo antes de ir a la cocina.

Elizabeth desearía poder borrar lo que había pasado aquella mañana; la experiencia sexual con Rogan, descubrir que habían entrado en la casa, la conversación que habían tenido después, la ineficacia de la policía. Una taza de café no iba a poder evitar las sospechas y la tensión que ahora, más que nunca, existían entre ellos.

No se conocían y no confiaban el uno en el otro. Además, como Rogan había dejado claro que se marcharía después del funeral de su padre, no habría tiempo para conocerse.

Y seguramente era lo mejor. Lo que había ocurrido esa mañana, esa repuesta salvaje y sin control, le decía que lo conocía lo suficiente; tanto como para saber que lo mejor era alejarse de él.

–Siento haber tardado tanto –se disculpó Rogan unos minutos después–. No encontraba a la señora Baines, así que he hecho el café yo mismo… Elizabeth, ¿estás llorando?

–No, no…

Rogan dejó la bandeja sobre el escritorio y se acercó a ella, sorprendido.

–¿Qué te pasa?

–No es nada, es que sencillamente no entiendo quién puede haber hecho algo así. Los libros no le hacen daño a nadie. Están aquí para ofrecernos co-

nocimiento, diversión, aventuras. Son toda mi vida
—le temblaba la voz al decir eso—. Son mis amigos
—añadió, sin poder evitar que una lágrima corriera
por su rostro.

El temblor de sus manos y su palidez dejaban
bien claro cuánto le había afectado aquel robo.

A él le gustaban los libros tanto como a cualquiera pero, como todos los objetos, le parecían reempla-
zables.

Elizabeth, sin embargo, hablaba de ellos como
si fueran algo vivo. Incluso los llamaba «amigos».

No había mucha gente en su vida en la que Rogan confiara, pero sí podía contar con Ace, Grant,
Ricky y un par de hombres con los que había estado en el ejército.

¿Qué clase de vida vivía Elizabeth Brown para
considerar amigos a los libros en lugar de a las
personas?

—Oye, que no es el fin del mundo —le dijo, levantando su barbilla para mirarla a los ojos—. En
un par de horas seguro que hemos restaurado un
poco de orden.

Elizabeth sabía que debería apartarse, pero
cuando los ojos de Rogan capturaron los suyos
supo que iba a ser incapaz de hacerlo.

—Imagino que tendrás otras cosas que hacer.

—¿Por ejemplo revisar las cosas de mi padre?
Créeme, no tengo la menor prisa.

¡Su padre!

Elizabeth estaba llorando por unos libros cuando el padre de Rogan había muerto unos días antes. Que padre e hijo no mantuvieran una buena re-

lación no cambiaba nada; el hecho Sullivan había muerto.

—Lo siento mucho, de verdad. Debes pe soy totalmente insensible, preocupada por un bros cuando tú has perdido a tu padre recientemen

—Como tú misma has dicho, los libros no le hacen daño a nadie.

Sí, lo había dicho, era cierto. Y también había llorado por ellos. ¿Qué pensaría Rogan?

Que era una persona triste y solitaria, quizá.

—¿Quién te ha hecho daño, Elizabeth? —le preguntó él entonces—. ¿Alguien de quien estabas enamorada o solo tu padre?

Elizabeth nunca había dejado que ningún hombre se acercase tanto como para enamorarse de él. De modo que solo quedaba su padre...

Leonard Brown solo se había casado con su madre porque era una rica heredera y había hecho que la vida de Stella, y la suya, fueran un desastre. ¿No era eso suficiente?

Tal vez por eso, incluso de niña, siempre había preferido los libros a la gente.

¡Y seguía prefiriéndolos!

—Nadie me ha hecho daño —le aseguró, acercándose al escritorio—. ¿Cómo tomas el café?

—¿Por qué cambias de tema?

—Porque sí —contestó ella.

—Entonces, ¿ningún amante se aprovechó de ti y luego te dejó con el corazón roto?

—No, aún no.

—¿Crees que yo me he aprovechado de ti esta mañana? —sonrió Rogan.

Elizabeth sintió un escalofrío por la espalda.

—Si no recuerdo mal, te he preguntado cómo te gustaba el café.

—Solo, sin azúcar —suspiró él.

La conversación había terminado, pero había descubierto algo que tal vez Elizabeth no quería que supiera.

Sabía por lo que pasó en la cala que aquella mujer era capaz de grandes pasiones, que normalmente escondía sus emociones y que prefería la vida en blanco y negro, escrita en una hoja de papel.

Pues muy bien. Él no tenía interés en las emociones de Elizabeth Brown. Bromear ahora había sido un error, como lo había sido lo que pasó en la playa. Un error que evitaría en el futuro.

—Si tienes algo que hacer, yo puedo arreglármelas sola aquí —le dijo Elizabeth.

—Yo no tengo nada más que hacer en esta casa —Rogan miró alrededor—. ¿Cómo demonios pude soportar vivir aquí de niño?

Elizabeth se encogió de hombros.

—Era la casa de tu familia...

—Esta nunca fue la casa de mi familia. La de mi madre, sí. Mi casa también durante los cinco años que viví aquí. Pero mi padre nunca estaba con nosotros; vivía en Londres la mayor parte del tiempo, de modo que nunca fuimos una familia. Y tras la muerte de mi madre yo no quise poner el pie aquí... —Rogan se interrumpió abruptamente, metiendo las manos en los bolsillos del pantalón—. ¿Dijiste que tu padre vivía?

–Sí –contestó ella, frunciendo el ceño.

–Pues acepta mi consejo y haz que descanse ese fantasma antes de que muera porque luego serás tú la que se quede con el problema sin resolver.

Elizabeth se dio cuenta entonces de que esa era la razón para el enfado de Rogan.

–Yo no tengo asuntos pendientes con mi padre.

–¿No?

–No.

Él no lo creía ni por un momento y estaba seguro de que, tras esa fachada supuestamente fría, Elizabeth Brown tenía muchas cosas que decirle a su padre. Pero esa reticencia suya, esa reserva, le decía que no lo haría nunca.

Al contrario que él, que tenía muchas cosas que decirle a su padre pero ya no podría hacerlo.

–Muy bien –suspiró, encogiéndose de hombros–. Tengo que hacer unas llamadas. Si estás segura de que puedes encargarte sola de todo…

–Sí, ésto es lo mío –contestó ella.

Sin duda pensaba que, si le pedía ayuda a alguien o confiaba en su apoyo, al final se llevaría una decepción. Rogan debería entender esa filosofía porque, aparte de un grupo de amigos verdaderos, seguía el mismo credo.

–Muy bien. Nos pondremos en contacto con la policía otra vez cuando hayas descubierto si se han llevado las primeras ediciones.

–¿Tú crees que las han robado?

–¿Tú no?

Bueno… sí. En realidad, estaba casi segura porque aún no habían encontrado ninguna. ¿Pero cómo podía haber entrado el ladrón sin descerrajar la puerta?

—Esperemos que no. Lo digo por ti.

—¿Por mí?

—Imagino que estarás deseando volver a Nueva York tras el funeral de tu padre.

—Te aseguro que la desaparición de esos libros, primeras ediciones o no, no va alterar mis planes —contestó Rogan—. Además, ya no vivo en Nueva York.

—¿No?

—No.

—Pero yo pensé… te mande allí la carta.

—Y me la enviaron a mi nueva dirección, por eso tardé un poco en contestar.

—Ah, entiendo.

Rogan enarcó una ceja.

—Y ahora, más que nunca, crees que debo estar involucrado en algo ilegal —le espetó, antes de salir de la biblioteca.

Elizabeth ya no sabía qué creer. Aquel hombre era un enigma para ella.

Y también era el único hombre que había roto las barreras, aunque fuese brevemente, tras las que siempre había escondido sus emociones.

Capítulo 8

GRACIAS, señora Baines –Rogan sonrió al ama de llaves, que estaba colocando la bandeja de rosbif sobre la mesa–. Huele muy bien.

–Era el plato favorito de su padre –la mujer estaba muy pálida y tenía los ojos enrojecidos, como si hubiera estado llorando.

–¿Cómo está Brian? –Rogan cambió deliberadamente de tema porque no tenía la menor intención de hablar de su padre. Además, estaba interesado en saber qué había sido del hijo del ama de llaves, al que conoció de pequeño y del que había sido amigo durante los cinco años que vivió en la casa Sullivan.

La expresión de la señora Baines se animó un poco.

–Muy bien. Ahora vive en Escocia, con su mujer y su hijo.

–Ah, pero entonces no podrá usted verlo tantas veces como quiera.

–Él vive su vida –la mujer se encogió de hombros, resignada.

–Salúdelo de mi parte la próxima vez que hable con él.

–Lo haré, por supuesto –asintió la señora Baines antes de salir del comedor.

–Imagino que tendrá que buscar otro puesto de trabajo cuando vendas la casa –aventuró Elizabeth cuando se quedaron solos.

–¿Crees que voy a dejarla en la calle?

–Bueno, no es asunto mío, pero…

–No, desde luego que no.

Ella lo miró, sorprendida por su brusquedad.

–La señora Baines se disgustó mucho cuando tu padre murió.

–Más que yo, seguro –murmuró Rogan mientras cortaba la carne.

–No creo que eso fuera muy difícil.

–Mira, si estás intentando que pierda el apetito, lo estás haciendo muy bien –le advirtió él.

Pero Elizabeth estaba demasiado cansada como para ser deliberadamente provocativa después de horas y horas comprobando los títulos de los libros.

Estaba tan cansada, que ni siquiera se había molestado en cambiarse de ropa para cenar, aunque él sí lo había hecho. Su pelo oscuro rozaba el cuello de la camisa de seda negra, que volvía a hacerlo parecer el predador de su novela.

–Solo estaba intentando entablar conversación.

–Pues entonces vamos a hablar de otra cosa –dijo Rogan, sin mirarla.

–Que yo sepa, faltan los libros de Darwin, Dickens y Chaucer.

–Ah, eso es lo que se llama un giro brusco en la conversación.

—¿No me acabas de pedir que lo hiciera?

—Sí, es verdad —asintió Rogan—. ¿Crees que los han robado?

—Sé que los han robado —dijo Elizabeth—. He comprobado todos los títulos y no están.

—¿Por qué solo se habrán llevado esos libros?

Elizabeth estaba haciéndose la misma pregunta. Sí, la primera edición de *El origen de las especies* de Darwin debía ser el ejemplar de más valor, pero había otros en el armario que debían valer mucho dinero. Y, sin embargo, estaban allí.

—Tal vez haya sido yo quien los ha robado, ¿eso es lo que quieres decir?

—Si esa fuera tu intención no me habrías dicho nada. Además, tú y yo sabemos que no habrías tirado todos los libros por el suelo para ocultar el delito.

—No, claro —murmuró ella—. Pero cualquier ladrón normal se habría llevado más libros, creo yo.

—¿Qué quieres decir con eso de «cualquier ladrón normal»?

—¡Tú sabes perfectamente lo que he querido decir!

Sí, desgraciadamente, Rogan lo sabía. Y eso empezaba a aclarar considerablemente la posible identidad del ladrón.

—Olvídalo, Elizabeth.

—¿Olvidarlo? Me he pasado todo el día comprobando si habían robado esos libros precisamente.

—Y te lo agradezco mucho —dijo él—. Y ahora, ¿podemos hablar de otra cosa?

—Rogan…

–¿No quieres saber por qué mi correo sigue yendo a Nueva York cuando ya no vivo allí?

Elizabeth tenía muchas preguntas que hacerle sobre ese tema, pero sabía que no iba a conseguir respuestas.

–Sé que hay preguntas que no estás dispuesto a responder.

–Pero no lo sabes con toda seguridad –sonrió Rogan.

Curiosamente, esas conversaciones con Elizabeth le parecían muy estimulantes. Nunca se aburría con ella.

–Muy bien, ¿dónde vives ahora?

–Por todas partes.

–Eso no me aclara nada.

–Lo sé –sonrió él, burlón.

–Esos hombres con los que te he oído hablando por teléfono… Ace y Grant, creo, ¿quiénes son?

–Gente que trabaja conmigo, junto con otro que se llama Ricky.

Elizabeth contuvo el aliento. Rogan estaba contestando sus preguntas.

–¿Cómo que trabajan contigo?

–Son mis socios.

–Ah, ya veo.

–Dudo que tú se lo cuentes todo a un hombre en la primera cita.

Ella no le contaba todo a un hombre en una segunda cita tampoco porque normalmente no había una segunda cita. Pero estar allí, en la casa Sullivan con Rogan, hacía más difícil mantener las distancias.

–En realidad, que comiéramos juntos ayer cuenta más como una cita que la cena de esta noche – Elizabeth frunció el ceño al darse cuenta de que acababa de contradecir su propia versión de lo que había sido el almuerzo del día anterior.

–Cierto –asintió él–. Pero al menos has podido olvidarte de los libros durante unos minutos, ¿no?

Estaba intentando alejar la atención de preguntas como dónde vivía o qué clase de trabajo hacía, pero no iba a funcionar.

–¿A quién tenía ese tal Ace que vigilar?

Rogan soltó una carcajada.

–Eres buena, Elizabeth, muy buena. No olvidas las cosas, ¿eh?

–Soy una persona de pensamiento metódico.

–Supongo que por enseñar Historia.

–Probablemente –contestó ella–. O tal vez porque nunca me ha gustado el caos.

–Como el de la biblioteca esta mañana.

–Como el de la biblioteca esta mañana –asintió Elizabeth–. Pero no has contestado a mi pregunta.

Rogan dejó escapar un suspiro.

–¿Has visto alguna vez a un amigo tuyo haciendo el ridículo por una persona que tú sabes que no es para él?

–No, la verdad es que no.

–Pues yo sí y no es muy agradable. Y por eso Ricky está vigilado las veinticuatro horas del día últimamente, para evitar que vuelva con ella.

Elizabeth frunció el ceño.

–¿Estás intentando que ese hombre, Ricky, no haga el ridículo por un mujer?

—Estamos intentando ser operativos, esa es la palabra. Lo peor de todo es que Ricky sabe que no va a llegar a ningún sitio con ella. Sale con él y luego le deja cuando conoce a alguien que le ofrece más, solo para volver con Ricky cuando esa relación no funciona. Yo he intentado razonar con él, todos lo hemos intentado, pero no puede decirle que no.

—¿Y no has pensado que a lo mejor está enamorado de ella?

—Ricky dice estarlo, pero es un amor muy destructivo.

Como el amor de Stella por Leonard Brown.

—Admiro lo que intentas hacer… ¿pero no sabes que al final no servirá de nada? En cuanto Ricky pueda escaparse volverá con ella.

Rogan la miró, intuyendo más que viendo el dolor que había en esa frase. Era como si hablase por experiencia propia.

—Yo no dejaría que una mujer me tratase como Vannie trata a Ricky.

—En tu caso, dudo que ninguna mujer se atreviera.

Rogan le había contado más de lo que pretendía contarle. ¿Por qué? ¿Porque antes había sugerido que era un mercenario? Posiblemente. Fuera cual fuera la razón, le había contado más cosas que ella sobre su vida.

—Bueno, ¿qué tal si me devuelves el favor y respondes a un par de preguntas?

—¿Por ejemplo?

—Por ejemplo, ¿por qué pasas tus vacaciones trabajando?

Elizabeth se encogió de hombros.

—Por la misma razón por la que tú estás deseando volver a Estados Unidos: me aburriría si no ocupase en algo mi tiempo.

—Pero imagino que habrá muchas cosas que hacer en Londres. El teatro, las compras, los parques...

—Puedo ir al teatro cuando quiera e ir de compras no me interesa.

—Pensé que a todas las mujeres les gustaba ir de compras.

—No, a mí no —sonrió Elizabeth.

Rogan ya sabía que no se parecía a otras mujeres. O, al menos, a las mujeres que él conocía.

—Tal vez deberíamos empezar a cenar —sugirió, tomando el tenedor y el cuchillo.

Elizabeth hizo lo propio, aliviada por no tener que hablar de sí misma.

—Me siento mejor ahora que he comido algo —le dijo después, en el salón, donde Rogan tomaba una copa de coñac.

—Antes estabas un poco pálida —asintió él, dejándose caer a su lado en el sofá.

De inmediato, los sentidos de Elizabeth se pusieron en alerta roja. Como si no lo hubieran estado ya durante la cena...

Se había encontrado a sí misma mirando sus manos más a menudo de lo que le gustaría y recordando las caricias de esa mañana; la combinación del aftershave y su propio olor masculino.

¿Qué tenía aquel hombre que la alteraba de tal forma?

Si supiera la respuesta a esa pregunta, encontraría la manera de luchar contra esa atracción pero, por el momento, no podía hacerlo.

–Estoy sin arreglar –murmuró, pasándose las manos por los vaqueros.

–Si estás buscando que te haga un cumplido…

–Yo no estoy buscando nada de eso.

–Has elegido al hombre equivocado –dijo Rogan, como si no la hubiera oído.

–Solo estaba diciendo que no me he cambiado de ropa, no estaba buscando cumplido alguno.

–Lleves lo que lleves siempre estás guapa –sonrió él–. O lo que no lleves.

–¿Te refieres a lo que ha pasado esta mañana? –le preguntó Elizabeth, colorada hasta la raíz del pelo.

–Creo que es la única vez que te he visto desnuda.

–Y, si no recuerdo mal, te he dicho que preferiría no volver a hablar del asunto –le recordó ella.

–¿Quieres que me olvide de lo que ha pasado?

–Exactamente.

–¿Cómo voy a olvidarlo?

–¡Inténtalo!

Rogan rio, disfrutando al ver lo apurada que estaba. ¿Por qué no iba a hacerlo cuando esos recuerdos también lo hacían sentir incómodo a él… aunque de una manera totalmente diferente?

Había intentado olvidarlo, pero le resultaba imposible. No podía olvidar cómo se había encendido entre sus brazos o cuánto le había gustado llevarla al clímax. Y solo tenía que mirarla ahora para saber que tampoco ella había olvidado nada.

–Como he dicho esta mañana, no hay ninguna razón para no explorar un poco más la atracción que hay entre nosotros y ver dónde nos lleva…

–¡Explórala solo y déjame a mí fuera del asunto!

Rogan sacudió la cabeza, exasperado.

–Prefiero explorarla contigo –le dijo, acercándose un poco más.

–Yo… los dos sabemos que ha sido un error.

–¿Ah, sí?

–Pues claro que ha sido un error. Tú tienes una chica en Estados Unidos, esperando que la llames.

–¿Ah, sí?

–Según tu socio, Grant, sí.

Rogan recordó la conversación telefónica…

–No olvidas nada, ¿eh?

–Nada que tenga importancia –dijo Elizabeth–. Además, tú y yo no tenemos nada en común.

–Bueno, yo no leo novelas de vampiros…

–¿Quieres olvidar de una vez las malditas novelas de vampiros? –lo interrumpió Elizabeth.

–No es fácil olvidarlo –rio él–. ¿No sientes la tentación de practicar algunas de las cosas que cuentan en esas novelas?

–¡No! Solo son fantasías, Rogan, no tiene nada que ver con la vida real.

–¿Cómo lo sabes si no lo has experimentado nunca? Por ejemplo, yo creo que sería muy erótico que te mordiese el cuello mientras hacemos el amor...

–¿Quieres parar de una vez? –exclamó Elizabeth, agitada–. Tú no eres mi tipo.

–Pues esta mañana parecías pensar que lo era – le recordó él, burlón.

–Esta mañana me tomaste por sorpresa.

–Si no recuerdo mal, no tuve tiempo de tomarte…

–Solo estás aburrido y buscas una diversión. Cualquier diversión.

–¿Tú crees?

–¡Estoy segura!

–¿Nunca has oído eso de que los opuestos se atraen?

–No, en este caso no –Elizabeth negó con la cabeza–. Somos demasiado diferentes para que la atracción sea real. Tu vida parece muy complicada mientras la mía es muy estable.

–La estabilidad y la seguridad también pueden llegar a ser aburridas, ¿no te parece? –preguntó Rogan, alargando una mano para acariciar sus dedos.

Y para Elizabeth fue como una descarga eléctrica. No podía dejar de mirar sus dedos, pequeños y delicados en comparación con la mano masculina.

–Me gusta mi vida como es –le dijo, después de tragar saliva.

–¿De verdad? –Rogan estaba mucho más cerca ahora, su aliento casi rozando su cara–. ¿En serio, Elizabeth?

Le gustaba aquel hombre. Le gustaba su aspecto, cómo la tocaba. Cómo se sentía cuando la miraba con esos ojos tan seductores.

En momentos como aquel era demasiado fácil olvidar que tenía una novia en Estados Unidos…

Rogan vio un brillo de pánico en los ojos azules y supo que debía parar. Supo, como lo había sabido después de las campanitas de alarma que habían sonado en su cerebro esa mañana, que Elizabeth Brown podía ser un serio peligro y que no debería haber empezado aquella conversación.

Los dos eran producto de una infancia similar: una madre cariñosa que había muerto antes de tiempo y un padre al que le importaba un bledo la familia. Elizabeth había elegido lidiar con el dolor de la infancia canalizando sus emociones hacia la seguridad de enseñar Historia mientras Rogan había elegido deliberadamente una vida que era un reto y un cambio constante.

Él no quería ni había querido nunca nada que fuese permanente. Desde luego, no quería una mujer para siempre y mucho menos una como Elizabeth Brown.

De modo que soltó su mano y se levantó bruscamente.

—Tienes razón, tampoco tú eres mi tipo —le dijo—. Mañana tenemos que ir al funeral, así que será mejor que nos demos las buenas noches —añadió antes de salir del salón.

—Buenas noches, Rogan —murmuró Elizabeth, hablándole a una habitación vacía.

Una habitación que, sin la vibrante presencia de Rogan Sullivan, parecía aburrida y solitaria.

Aburrida y solitaria como su propia vida.

Capítulo 9

SACA un plato del armario, Elizabeth –dijo Rogan, que estaba haciendo unos huevos revueltos–. Y luego pon un poco de pan en el tostador, si no te importa.

Elizabeth no había podido pegar ojo en toda la noche y, en consecuencia, no había podido ir a nadar por la mañana. Y al entrar en el comedor y ver que la mesa no estaba puesta, pensó que también se había perdido el desayuno.

Rogan, en cambio, parecía totalmente relajado. Con unos vaqueros gastados, una camiseta y descalzo sobre el suelo de terracota, esos ojos oscuros tan embriagadores como siempre, el cabello despeinado y sombra de barba, parecía haber dormido como un bendito.

–¿Dónde está la señora Baines? –le preguntó mientras colocaba su plato sobre la mesa.

–La he encontrado llorando hace un rato.

–¿Por qué?

–Como tú dijiste ayer está muy disgustada por la muerte de Brad, así que he sugerido que se tomase la mañana libre.

–Has hecho bien –suspiró ella.

–Esta tarde irá con nosotros al funeral y luego

se marchará a Escocia unos días para estar con su hijo.

Elizabeth pensó entonces que, sin la señora Baines, Rogan y ella estaban solos en la casa.

–Ha sido muy amable por tu parte.

Su voz sonaba ronca, pero era lógico. Apenas había dormido y, cuando pudo hacerlo, en sus sueños apareció Rogan. Y habían sido unos sueños tan turbadoramente eróticos, que la idea de estar a solas la llenaba de angustia.

–Yo también puedo ser amable, Elizabeth.

–Sin duda cuando te conviene –murmuró ella.

–No me convenía tener que hacer el desayuno esta mañana.

–Tal vez deberías haberlo pensado antes de darle la mañana libre a la señora Baines.

–Veo que no vas a ofrecerme tu ayuda –suspiró Rogan.

–Estoy segura de que puedes hacerlo solito.

–Y veo también que no tienes muy buena opinión de mí –dijo él, mientras servía el desayuno en los dos platos.

–Creo que voy a ejercer mi derecho a no incriminarme –intentó bromear Elizabeth.

–¿Eso ha sido una broma?

–Podría ser.

–Pues me gusta.

–No te preocupes, no volverá a pasar.

Rogan la miró, pensativo. Elizabeth llevaba una blusa de color crema y un pantalón marrón… de nuevo tenía ese aspecto de chica seria. Y, sin embargo, había algo diferente en ella. Parecía adormilada y tenía los labios ligeramente hinchados… y se excitó al imaginarlos bajo los suyos.

Maldita fuera.

Rogan había pasado gran parte de la noche diciéndose a sí mismo que debía olvidar a la complicada señorita Brown. Olvidar la suavidad de su piel, su erótico sabor. Que una mujer como ella siempre era un problema para un hombre como él. Y ahora, solo con mirarla, estaba más excitado que nunca.

—Prueba el desayuno, anda.

—¡Sí, señor! —bromeó ella.

—¿Serías tan obediente si te pidiera que te quitases la ropa y te tumbases para mí sobre la mesa? —la desafió Rogan tontamente.

Elizabeth sabía que quería desconcertarla. Y si era así, desde luego lo había conseguido, pero no pensaba darle esa satisfacción.

—No hasta que me hubiera tomado el desayuno, desde luego —replicó, como si no tuviera importancia.

—Elizabeth…

—¿Podemos desayunar, Rogan?

—Eres muy peligrosa, ¿lo sabías?

—No, nadie me había acusado nunca de serlo.

—No tienes por qué alegrarte tanto.

Elizabeth no pudo evitar una sonrisa al ver su cara de sorpresa.

—Soy una aburrida doctora, así que me alegra parecer peligrosa.

«Aburrida» era un adjetivo que él no le aplicaría nunca, pensó Rogan. Para empezar, nunca sabía de qué humor iba a estar cuando la viera. Además, por mucho que lo intentase no podía quitarse de la cabeza lo que había ocurrido el día anterior en la playa. De la cabeza y de los sentidos. De hecho, solo con mirarla ahora quería repetir la experiencia.

—Vamos a dejar una cosa clara, Elizabeth: tengo que revisar los papeles de mi padre esta mañana, pero después del funeral me marcharé.

Como si los sabuesos del infierno fueran persiguiéndolo, pensó Rogan, enfadado consigo mismo. Porque existía el peligro de caer en la trampa que una mujer como Elizabeth Brown podía poner en el corazón de un hombre.

—Eso ya me lo habías dicho.

—Pues te lo estoy diciendo otra vez.

Ella dejó el tenedor sobre el plato para tocar su mano.

—Sé que hoy va a ser un día difícil para ti…

—¿Ah, sí? —la interrumpió él, atrapando su mano—. ¿Y cómo puedes saber eso? ¿Has tenido tú que acudir al funeral del padre al que despreciabas?

No, no había tenido que hacer eso. Aún no, al menos. Pero algún día tendría que hacerlo. Y, como Rogan, odiaría la hipocresía de tener que estar allí.

Él observó las emociones que cruzaban por su rostro y que no podía esconder. En sus ojos veía dolor y angustia, pero también una firme resolución de hacer lo que tenía que hacer.

Como él.

—Háblame de tu padre, Elizabeth —la animó, enredando sus dedos con los suyos.

—No hay nada que contar —respondió ella, apartando la mirada.

—Beth…

Ella se pasó la lengua por los labios, aparentemente sin darse cuenta de lo erótico del gesto.

—Por favor, cuéntamelo.

Elizabeth cerró los ojos brevemente, pero volvió a abrirlos enseguida.

—Mi padre se casó con mi madre después de dejarla embarazada a propósito.

—¿Por qué?

—Mi madre pertenecía a una familia adinerada. Él quería el prestigio y el estatus que el dinero podían darle y cuando mi abuelo murió inesperadamente… —Elizabeth sacudió la cabeza, entristecida—. Bueno, ya te lo puedes imaginar.

Rogan frunció el ceño. Su madre había sido una heredera y el nombre de su padre era Leonard Brown… ¿por qué todo eso sonaba tan familiar?

—¿Tu madre era Stella Britten? —exclamó, incrédulo.

Stella Britten. De modo que Elizabeth era la nieta del millonario James Britten...

Rogan había leído la historia en los periódicos: un año después de la muerte de James Britten, Leonard Brown había ocupado su puesto como presidente de la empresa, pero era un playboy y un adúltero, un sinvergüenza. Su mujer había empezado a beber para olvidar la humillante realidad de su matrimonio y, al final, murió en un accidente de coche. Evidentemente, esa era la razón por la que Elizabeth no bebía alcohol.

–Lo siento, Beth…

–¿Qué es lo que sientes? Tú no eres responsable de nada.

–No debería haber insistido en hablar del tema.

–¿Por que no? –exclamó ella, levantándose bruscamente.– ¿Tú pensabas que el matrimonio de tus padres había sido un desastre? Pues deberías haber vivido en mi casa. Y lo peor de todo es que de pequeña yo lo adoraba…

–Beth…

–No, déjame terminar –siguió Elizabeth, intentando contener las lágrimas–. A lo mejor si hablo de él por fin puedo dejarlo atrás. Es fácil entender que mi madre se enamorase de él. Cuando era pequeña, mi padre me parecía tan fuerte, tan risueño, tan guapo, un adonis. Siempre estaba comprándome regalos… juguetes que no tenía ningún otro niño, un poni, una pulserita de diamantes en una ocasión –le contó, sacudiendo la cabeza–. Yo era demasiado pequeña como para darme cuenta de que me compraba todas esas cosas para apaciguar su conciencia. Nunca había querido a mi madre, solo se casó con ella por el dinero.

Había algo más, algo que Rogan no recordaba, pero sabía que era importante…

Allí estaba, la última pieza del rompecabezas.

Stella Britten estaba enamorada de su marido, pero las condiciones del testamento de su padre habían evitado que Leonard se quedase con la empresa, de modo que tras su muerte la única heredera era… Elizabeth.

Elizabeth Brown, doctora de Historia, era la propietaria de las empresas Britten.

Ella sonrió, amarga. Se había dado cuenta de que Rogan había hecho la conexión y sabía quién era.

–Sí, yo soy esa Elizabeth Brown –le confirmó–. ¿Estás contento ahora que sabes todo lo que tienes que saber?

Pero él no parecía contento, al contrario.

–¿Por qué no me lo has contado antes?

–¿Por qué iba a hacerlo? Nada de eso tiene que ver con mi estancia aquí, en la casa Sullivan.

–¿No tiene importancia? Eres una heredera, una multimillonaria.

–He donado mucho dinero a causas benéficas y vendí la mayoría de las acciones de Britten hace años.

–Pero sin duda habrás conseguido una fortuna – dijo Rogan.

–Bueno, sí, pero eso no cambia quién soy.

–No seas ingenua, Elizabeth. Eres la nieta de James Britten y la hija de Stella Britten y Leonard Brown.

–¡Soy yo misma! –exclamó ella, enfadada.

Rogan no entendía su enfado.

–Te engañas a ti misma si piensas eso. Maldita sea, Elizabeth, ¿por qué pierdes el tiempo enseñando Historia y catalogando las bibliotecas de otras personas cuando…?

–¿Cuando podría darme la gran vida, como hicieron mis padres? –lo interrumpió ella, sus ojos brillantes como zafiros–. Ir a fiestas, a estrenos, a cenas benéficas –Elizabeth sacudió la cabeza–. Yo nunca he querido eso. Nunca he querido ser utilizada como utilizaron a mi madre.

–Tu madre se casó con el hombre equivocado…

–¿Y no crees que a mí me habría buscado algún cazafortunas? Yo quería hacer algo con mi vida y enseñar Historia me da esa satisfacción.

Rogan lo entendía, pero eso nunca cambiaría quién era.

–Muy bien, tú sigue viviendo en tu mundo de fantasía si es lo que quieres. Pero eres la nieta de James Britten y tienes más dinero del que yo veré en toda mi vida.

¿Era eso lo que le molestaba? ¿Que fuese una heredera? ¿Que saber eso hacía que ya no estuviera a su alcance?

Él no quería que Elizabeth estuviera a su alcance.

Él era libre, no tenía por qué darle explicaciones a nadie y pensaba seguir así.

–Bueno, tengo cosas que hacer –murmuró, dirigiéndose a la puerta.

–Yo también.

Rogan se volvió para mirarla.

–Hasta que te canses.

Elizabeth dejó escapar un suspiro.

–Mira, yo tenía dieciocho años cuando mi madre murió, la misma edad que tú cuando te pasó lo mismo. Tú te alistaste en el ejército y yo, en lugar de vivir una vida regalada, me puse a estudiar y me saqué el doctorado.

–Pero sin duda tú eras la única alumna que vivía en una mansión e iba a clase en una limusina conducida por un chófer.

–¿Vivo ahora en una mansión? ¿Ves algún chófer por aquí?

–Imagino que lo habrás dejado en Londres.

–O a lo mejor no lo he tenido nunca –replicó ella, levantando la barbilla–. No me lo puedo creer, pero eres un clasista… al revés.

–¿Qué significa eso?

–¡Que por lo visto te parece bien liarte con una empleada, pero no con una heredera!

–¿Liarme…?

–O hacer el amor, como quieras. O, más exactamente, tener relaciones sexuales. ¿Qué te pasa, Rogan? ¿Te da miedo que yo sea millonaria?

Al observar el desdén en sus ojos azules Rogan empezó a verlo todo rojo.

Fue ese desdén lo que lo empujó, haciéndole olvidar la cautela que era parte de su naturaleza.

–¿Qué estás haciendo? –murmuró ella, dando un paso atrás.

–Voy a seducir a una heredera, por supuesto –contestó Rogan, acorralándola contra la encimera.

–Rogan…

–Beth… –dijo él, atrapándola con la mirada mientras inclinaba la cabeza.

Los labios de Elizabeth se abrieron por voluntad propia, su respiración agitada mientras esperaba el fiero beso de Rogan.

Pero él se detuvo a un centímetro de sus labios, sin tocarla.

–Di que me deseas, Beth.

Sus pechos subían y bajaban mientras intentaba llevar aire a sus pulmones, sintiéndose como un ciervo cegado por los faros de un coche.

–¿Beth?

–Sí…

–Dilo –Rogan levantó una mano para acariciar su cara, deslizando un dedo hasta sus labios–. Dilo, Beth.

Ella tragó saliva, percatándose de que había despertado a un tigre dormido.

–Te deseo –murmuró por fin–. Sí, Rogan, te deseo –entonces fue ella quien dio un paso adelante, poniendo las manos sobre sus hombros–. Te deseo, Rogue.

Los ojos oscuros brillaban de satisfacción, el bulto entre sus muslos diciéndole claramente lo que quería cuando por fin tomó su boca.

Elizabeth se agarró a sus hombros mientras la besaba profunda, fieramente, su lengua penetrando su boca con un ritmo que pronto la tuvo jadeando y rendida entre sus brazos.

Pero no era suficiente. Ella quería tocarlo también. Quería acariciar la sedosa dureza apretada contra su estómago, de modo que deslizó una mano por los duros contornos de su torso hasta el estómago y más abajo…

Rogan se apartó ligeramente.

–Desabróchate la blusa para mí, Beth.

¿Desabrochar…?

–No, no puedo –murmuró.

–Sí, claro que puedes. Vamos, Beth. Botón a

botón —insistió él, esperando hasta que por fin levantó una mano para desabrochar los dos primeros botones.

Se sentía perdida sin el calor de su cuerpo. Sin embargo, le temblaban las manos mientras iba soltando cada botón, el aire frío acariciando su piel desnuda, los pezones presionando el encaje del sujetador.

—Quítatela —le ordenó Rogan después.

—Pero yo no...

—He dicho que te la quites, Beth —la interrumpió él—. Quítatela para que pueda tocarte.

Lentamente, Elizabeth se quitó la blusa y la dejó caer al suelo, notando el peso de sus pechos, los pezones duros rozando la suave tela del sujetador.

—Así está mejor —dijo él, tomándola por la cintura para sentarla en la encimera—. Ahora el sujetador.

—¿Esperas que yo haga todo el trabajo?

—Solo estoy dejando claro quién está seduciendo a quién.

—No tiene por qué ser así...

—Sí, tiene que ser así —insistió Rogan, poniendo una mano a cada lado de sus piernas—. Voy a estar dentro de ti, Beth, voy a hacerte mía. Voy a darte tanto placer, que vas a tener que rogarme que pare. Y ahora, quítate el sujetador.

Elizabeth debería enfadarse. Al menos, debería sentir cierta aprensión. Pero en lugar de eso estaba excitada como nunca.

Lo necesitaba dentro de ella.

–Quítamelo tú –le dijo.

Rogan alargó la mano para desabrochar la prenda y tirarla al suelo, junto a la blusa descartada. Todo sin dejar de mirarla a los ojos.

Y Elizabeth dejó de respirar cuando por fin bajó la mirada hasta sus pechos. Sabiendo lo que vería, sintiendo lo duros que estaban sus pezones, anhelando que los acariciase con la boca...

–Rogan... –murmuró, cuando no podía soportar el tormento de su mirada–. Te deseo... ahora.

Los ojos se le habían oscurecido más que nunca y pudo ver el rubor de su rostro, las pupilas dilatadas...

Oh, sí, Elizabeth lo deseaba. Y eso era lo que había pretendido cuando empezó a seducirla. El único problema era que ahora él la deseaba de tal forma que estaba en peligro de perder el control antes de tocarla.

Debería marcharse, pensó, alejarse de la tentación que representaba esa mujer.

Pero en lugar de hacerlo se colocó entre sus piernas, empujándola un poco hacia delante para frotarse contra ella mientras acariciaba sus pechos desnudos. Se apretaba contra ella cada vez más fuerte, más rápido, hasta que Elizabeth gritó en un clímax que casi hizo que él también llegara.

Rogan estaba tan duro, tan desesperado por estar dentro de ella que le dolía y se apartó un poco para desnudarse a toda velocidad, tomándola en brazos para bajarla de la encimera y quitarle el resto de la ropa.

Se quedó sin aliento cuando la vio desnuda: los

pezones de color rosado, la cintura estrecha, las caderas redondeadas, esas largas piernas y el triángulo de rizos entre los muslos…

Elizabeth lo miraba también. Admiraba la anchura de sus hombros, el vientre plano, el duro y orgulloso miembro entre las piernas.

Se le doblaban las rodillas solo con mirarlo.

—Pon las piernas alrededor de mi cintura, Beth…

—¿Qué?

—Pon las piernas alrededor de mi cintura.

Elizabeth se echó un poco hacia delante y, agarrándose a sus hombros, hizo lo que le pedía, dejando escapar un gemido cuando su centro rozó la sedosa erección que tanto placer le había dado unos minutos antes.

El mismo placer la llenó ahora mientras echaba la cabeza hacia atrás y Rogan tomaba posesión de uno de los pezones, mordiéndolo suavemente, la punta de su miembro rozándola, entrando poco a poco, centímetro a centímetro, llenándola completamente hasta que no sabía dónde terminaba ella y empezaba él. Elizabeth arqueó las caderas, gritando cuando la llenó del todo.

—Pero… —Rogan se detuvo abruptamente al notar una barrera—. Beth…

—¡No pares ahora!

—Pero…

—¡No pares! —Elizabeth clavó los dedos en sus hombros, empujando las caderas hacia delante, tomándolo todo, y dejando escapar un gemido cuando rompió la barrera.

Rogan nunca había experimentado algo así; ese

calor, esa perfección mientras se cerraba sobre él. El placer que sintió cuando Elizabeth empezó a moverse arriba y abajo…

Un placer que no había conocido nunca.

No podía parar ahora…

No podía.

Capítulo 10

QUÉ demonios creías que estábamos haciendo? –le espetó Rogan mientras se ponía los vaqueros.

–¿Qué quieres decir? –preguntó Elizabeth mientras terminaba de vestirse–. Pensé que estabas seduciendo a la heredera Britten.

Una seducción que no había terminado tan bien como ella había esperado.

Aunque el placer había sido increíble. Tanto que aún se ruborizaba al recordar el clímax al que se había unido Rogan y que los había dejado a los dos sin respiración.

Pero ahora se sentía desconcertada. Rogan parecía distante, incluso enfadado.

–He sido tu primer amante, maldita sea –dijo él entonces, pasándose una mano por el pelo. El pelo en el que ella había enredado los dedos unos segundos antes...

–¿Y qué?

–¡Tienes veintiocho años!

–¿Y eso qué tiene que ver? –preguntó Elizabeth, intentando mantener la calma.

–Yo no sabía que quedasen vírgenes de veintiochos años en el mundo.

—A lo mejor ya no queda ninguna...

—Mira, este no es el mejor momento para mostrar tu sentido del humor.

—Tal vez si dejases de hacer un drama de todo...

—¿Un drama? —repitió él, aún atónito.

Él nunca había tenido una experiencia sexual similar.

—Sí, el drama. Tampoco es para tanto.

—El drama, como tú dices, es que no he usado protección. Aunque es improbable que te quedes embarazada por hacerlo solo una vez...

—Claro que no voy a quedarme embarazada —dijo ella.

—¿Qué significa eso?

Elizabeth no podía creer que estuvieran discutiendo cuando minutos antes habían estado haciendo el amor. Había llegado al clímax tantas veces, que no podía contarlas y el de Rogan había estado a punto de hacerle caer de rodillas. Pero ahora, en lugar de compartir una dulce intimidad, estaban gritándose.

—Tomo la píldora por razones médicas desde hace unos años.

—¿Qué razones son esas?

—Razones personales... déjalo ya, Rogan. No estoy acostumbrada a hablar de cosas tan privadas con nadie.

—Pues acostúmbrate.

Ella dejó escapar un suspiro.

—Hace cinco años tenía unos periodos irregulares y dolorosos y mi médico me recomendó que tomase la píldora. ¿Satisfecho?

—Sí, imagino que sí…

¿Qué había esperado que pasara después de hacer el amor? ¿Que Rogan cayese de rodillas proclamando su amor? ¿Que le dijera que no podía vivir sin ella? ¿Que le dijera que quería casarse y llevarla a Estados Unidos?

No, no había pensado que pudiera hacer ninguna de esas cosas.

Solo había esperado que tal vez…

¿Estaba enamorada de él? No, imposible. No podía haberse enamorado de un hombre que no estaba dispuesto a atarse a nada o nadie.

—Vamos a dejar el tema, por favor —sugirió, apartando la mirada—. No es buen momento para hablar de esto cuando tenemos que ir al funeral de tu padre.

—Y ahora me dirás que esa es la razón por la que hemos hecho el amor —replicó él—. Un deseo humano de reforzar nuestra propia mortalidad.

—No, no voy a decir eso. La verdad es que no sé qué ha pasado o por qué ha pasado. Sencillamente, ha sido así y ya no se puede evitar.

Y ni ella ni su corazón se recuperarían nunca.

—Bueno, por lo menos eres sincera.

—No creo haber sido otra cosa contigo.

—Pero hasta hoy se te había olvidado mencionar que eras la heredera Britten.

—No se me había olvidado, Rogan, sencillamente no creo que sea asunto de nadie.

Él se pasó una mano por la cara.

—Y pensar que me había preguntado, brevemente desde luego, si habrías sido tú quien se llevó esos libros.

—Ah, gracias por la confianza.

—Que yo sepa, la confianza hay que ganársela. Y que hubieras olvidado mencionar quién era tu madre o que eras virgen...

—¿Quieres dejarlo ya? —suspiró Elizabeth. Estaba cansada del tono acusador. Especialmente porque sospechaba que se había enamorado de él—. Si a mí no me importa, no entiendo por qué te importa a ti.

Rogan se pasó una mano por el pelo.

¿Por qué le molestaba que Elizabeth fuera virgen y no se lo hubiera dicho? No tenía ni idea, pero así era.

Como le molestaba la idea de que hiciera el amor con cualquier otro hombre.

Había habido docenas de mujeres en su vida en los últimos quince años, pero estaba seguro de no haber sido el primer amante de ninguna. Saber que lo había sido de Elizabeth, que nunca había compartido su cuerpo con otro hombre, que ninguno había visto lo hermosa que era cuando estaba recibiendo placer le hizo sentir enormemente posesivo, algo que le resultaba totalmente ajeno.

Nunca había experimentado esa sensación por ninguna mujer.

—Es verdad, ahora no es momento para hablar de esto. Tú tienes trabajo que hacer y yo también, pero...

—Nada de peros, Rogan —le interrumpió Elizabeth—. Como tú mismo has dicho, veintiocho años son muchos para seguir siendo virgen. Y si iba a tener un amante, lo mejor era tener uno experimentado, ¿no te parece?

—Mira, lo mejor es que no te diga lo que estoy pensando en este momento.

Sin duda, Rogan estaba acostumbrado a hacer el amor con mujeres que sabían lo que hacían. Mujeres con experiencia y que sabían darle placer.

Y estaba absolutamente segura de que ninguna de esas mujeres había sido tan tonta como para enamorarse de él, pero intentó no parecer descorazonada.

—Hablaremos después —murmuró Rogan, tomando la camiseta del suelo.

La tensión desapareció de los hombros de Elizabeth en cuanto él salió de la cocina. Pero no duraría mucho tiempo porque Rogan parecía decidido a seguir con esa conversación antes de marcharse de la casa Sullivan.

¿Cómo podía haber sido tan ingenua como para enamorarse de un hombre que no tenía intención de enamorarse nunca?

Rogan subió a su habitación con expresión seria. Por el momento, estaba siendo un día complicado. Su charla con Helen Baines, hacer el amor con Elizabeth… y la conversación que siguió después.

Y aún le quedaba el funeral de su padre.

Se detuvo cuando llegó al piso de arriba al pensar que hacer el amor con Elizabeth había hecho que acudir al funeral de su padre pasara a ser algo insignificante.

Aún podía sentir la perfección satinada de su

piel, aún podía seguir saboreándola. Hacer el amor con ella había sido fantástico... mucho más que eso. Tanto que la deseaba otra vez. De hecho, no podía imaginar nada mejor que acostarse con Elizabeth y hacerle el amor de todas las maneras posibles.

«Te has metido en un buen lío», pensó, frunciendo el ceño.

Estaba en peligro de perder la cabeza y no recuperarse nunca.

Elizabeth estaba frente al armario roto de la biblioteca, mirando los cuatro libros colocados en la estantería: la primera edición de Darwin, los dos Dickens y el Chaucer.

O había cometido un error y los libros no habían desaparecido o el ladrón había vuelto para dejarlos donde estaban.

Como la última explicación era imposible, tenía que haber cometido un error. Pero también eso era impensable.

Debía haber una tercera explicación, aunque no se le ocurría cuál podía ser.

¿Sabría Rogan que esos libros estaban en el armario?

Rogan...

Cada vez que pensaba en él se le doblaban las rodillas. No podía dejar de recordar lo que había pasado en la cocina... y también en cuánto lo amaba y que no volverían a verse después del funeral.

Hacer el amor con él había sido mucho más de

lo que había imaginado. Rogan le había hecho el amor como un hombre poseído… y era mucho mejor que cualquier relato erótico de vampiros que pudiese leer.

Había sido tan excitante, tan nuevo para ella. Todo su cuerpo parecía estar vivo.

Tal vez porque estaba enamorada de él.

Tenía que mantenerse ocupada, pensó. Tenía que dejar de pensar en Rogan Sullivan.

Aunque aún debía resolver el enigma de los libros devueltos.

El funeral de su padre había estado bien… si un funeral podía estar bien, claro. Curiosamente, la iglesia estaba llena de gente.

Además de la señora Baines y Desmond Taylor, el abogado de su padre, todo el pueblo parecía haberse reunido allí. Y mucha gente se había tomado la molestia de ir desde Londres para darle el pésame.

Todo lo cual había aumentado su contrariedad, hasta el punto de que empezaba a encontrarse enfermo después de casi una hora aceptando pésames de gente que parecía apreciar a su padre de verdad y que, probablemente, se preguntaría por qué su hijo se mostraba tan inexpresivo.

La señora Baines había anunciado que todos los que quisieran pasar por la casa Sullivan para tomar té y sándwiches estaban invitados a hacerlo. Algo que Rogan ni quería ni necesitaba porque lo único que deseaba era que el funeral terminase de una vez para marcharse de Inglaterra lo antes posible.

Y Elizabeth había estado a su lado durante todo aquello, pálida y digna con un traje negro y una blusa blanca.

—Eres estupenda, ¿lo sabías? —murmuró mientras volvían a la casa—. Me has ayudado mucho.

—No tienes que agradecérmelo.

—Sí tengo que hacerlo. Te has portado muy bien conmigo mientras yo no he sido precisamente agradable contigo esta mañana.

—Nuestras diferencias no deberían importar en un momento como este.

¿Diferencias? Rogan no estaba seguro de que hubiera «diferencias» entre ellos. En realidad, aún no sabía qué había entre ellos.

Sabía que agradecía su presencia. De hecho, seguramente no habría podido soportar aquella pesadilla si ella no hubiera estado a su lado porque no sabía cómo responder a los amables comentarios sobre su padre.

Había sido una sorpresa para él saber que Brad Sullivan había estado involucrado en las actividades de la comunidad en los últimos años. Y, sobre todo, el afecto y el respeto que sentía por él la gente que lo conocía.

—En cualquier caso, te lo agradezco.

Elizabeth se advirtió a sí misma que no debía leer nada más que agradecimiento en sus palabras. Solo estaba mostrando su gratitud por estar a su lado en un día tan difícil.

—Rogan, creo que fue la señora Baines quien se llevó los libros.

—¿Cómo?

–Que la señora Baines se llevó las primeras ediciones que faltaban.

–No sé de qué estás hablando.

–No espero que lo confirmes o lo niegues. La señora Baines estuvo en la casa antes del funeral y… ella me contó… me dijo por qué lo había hecho –Elizabeth tragó saliva–. Temía no encontrar trabajo a los sesenta años y le daba miedo acabar en la calle, por eso pensó que podría vender los libros. Nos había oído hablar del valor que tenían y pensó que los robos en la zona ocultarían que había sido ella.

Rogan la miró con expresión seria.

–Como tú has dicho, no tengo intención de confirmar o negar nada.

–Y yo solo quería decir que me parece muy bien lo que has hecho. La señora Baines me ha contado que te lo confesó a ti esta mañana –sonrió Elizabeth–. Está muy agradecida por la pensión vitalicia que tu padre le dejó en su testamento. Has hecho bien en decírselo.

–Era lo mínimo que podía hacer viendo lo angustiada que estaba –murmuró Rogan.

Ella asintió con la cabeza.

–He decidido marcharme esta misma tarde.

–¿Qué? –exclamó Rogan, volviéndose en el asiento para mirarla–. ¿Por lo que ha pasado esta mañana?

–No, no es por eso. Mira, no sé qué ocurrió entre tu padre y tu madre, pero es evidente para mí, y creo que para ti también, que otras personas no veían a tu padre como lo ves tú. Mucha gente lo tenía en gran estima... y no puedo olvidar lo que me dijiste sobre resolver ciertas cosas antes de que fuera demasiado tarde.

—No te entiendo.

—El funeral de tu padre, con toda esa gente hablando bien de él, me ha hecho pensar. Creo que debo descubrir por mí misma qué clase de hombre es mi padre antes de que sea demasiado tarde.

Rogan apretó los labios.

—¿Quieres decir que yo esperé demasiado para descubrir qué clase de hombre era el mío?

—No siempre se trata de ti, Rogan —suspiró ella—. Debes entender por qué quiero hacerlo... es por mí, por mi propia felicidad.

Rogan lo entendía. Incluso admiraba que tuviera ese propósito, pero decir que se marchaba de la casa Sullivan esa misma tarde... no, eso no podía ser.

Lo cual era una estupidez porque él mismo estaba dispuesto a volver a Estados Unidos cuanto antes.

Pero la idea de no volver a ver a Elizabeth lo turbaba más de lo que hubiera podido imaginar.

—Muy bien —asintió—. Espero que estés dispuesta a aceptar que tu padre podría ser tan malo como siempre habías pensado.

—Si es así, tendré que asumirlo —sonrió Elizabeth—. Evidentemente, mis padres no estaban hechos el uno para el otro, pero yo recuerdo a mi padre siempre divertido, siempre alegre y cariñoso conmigo cuando estaba en casa. En cuanto a su relación con mi madre... mira, no sé. ¿Qué fue pri-

mero, las aventuras de mi padre o que mi madre se
diese a la bebida? Yo era una niña, no podía entender lo que pasaba.

¿Habría actuado Rogan como juez y jurado de
su propio padre? Sí, así era, pensó, angustiado.
Tras el suicidio de su madre, lo había juzgado de
la manera más dura. Pero ahora era un adulto, no
el adolescente que había sido cuando se marchó de
casa.

En cualquier caso, no le apetecía darle las gracias a Elizabeth por poner todas esas dudas en su
cabeza.

—Tal vez cuando vuelva a ver a mi padre sentiré
el mismo odio que he sentido por él durante años –
siguió ella–. O tal vez no, no lo sé. Pero al menos
tengo que intentarlo.

Rogan tenía que admirar su valor.

Al menos lo admiraría si no siguiera desconcertado por la idea de que iba a marcharse esa misma
tarde.

Que iba a decirle adiós.

—¿Estás listo para enfrentarte a ellos de nuevo?
—le preguntó Elizabeth cuando llegaron a la casa y
vieron que ya había algunos coches en la entrada.

—No, la verdad es que no, pero imagino que
tengo que hacerlo —contestó él–. Con un poco de
suerte, no durará mucho.

Después de decir eso respiró profundamente y
abrió la puerta del coche.

Capítulo 11

R OGAN? –lo llamó Elizabeth desde la puerta.

Estaba en medio de la habitación, inmóvil como una estatua. Había desaparecido después de hablar con el abogado de su padre, cuando los invitados se marcharon.

–Rogan, ¿qué te pasa? –insistió.

Su expresión era muy seria y estaba ligeramente pálido. Sus ojos tan oscuros, tan indescifrables que empezó a preocuparse de verdad.

–¡El muy estúpido! –exclamó entonces, haciendo una bola con el papel que tenía en la mano.

–¿De qué estás hablando?

–Tú tenías razón y yo no, ¿de acuerdo?

–No te entiendo…

–Mira alrededor, Elizabeth. ¿Qué ves? –le espetó Rogan, sabiendo lo que vería. Lo que no podría dejar de ver.

Fotografías, docenas de ellas… no, cientos de ellas en la que había sido la habitación de su madre. En algunas estaba Rogan, desde niño a la edad adulta. Pero sobre todo eran fotografías de su madre, Maggie, una belleza morena de ojos oscuros que sonreía inocentemente a la cámara.

Todas las fotografías familiares que habían estado una vez por la casa estaban ahora en esa habitación, meticulosamente enmarcadas y ordenadas. Sobre la cómoda, sobre las mesillas, sobre las mesas. Incluso en las paredes. Mirase donde mirase, Rogan podía ver a su madre.

Aquel sitio era un santuario.

Incluso había flores en un jarrón. Rosas amarillas, las favoritas de su madre. Aunque se habían marchitado porque la persona que se encargaba de cambiarlas había muerto una semana antes.

Bradford Lucas Sullivan.

Su padre.

El marido de Maggie.

—Durante todo este tiempo lo culpé a él por la muerte de mi madre. Creí que… —Rogan no pudo terminar la frase.

Elizabeth no sabía qué decir. O si debía decir algo en absoluto.

La habitación estaba limpísima y había una bata azul sobre el sillón, como preparada para su propietaria. Perfumes y cremas sobre la cómoda, incluso un cepillo del pelo.

Aquella habitación, las rosas, las fotografías, todo era un monumento a alguien que había sido amado profundamente.

—No lo entiendo —dijo con voz ronca.

—Yo tampoco… hasta que leí esta carta —dijo él, mostrándole el papel arrugado que tenía en mano—. Te dije que mi padre sabía lo enfermo que estaba… le dejó esta carta a su abogado para que yo la leyese después del funeral… si me molestaba en venir. O para que me la enviasen por correo si no era así. Léela si quieres –Rogan tiró la carta sobre la cama antes de acercarse a la ventana, de espaldas a ella.

Elizabeth no sabía si debía leer algo tan privado. Una carta entre un padre y un hijo era demasiado personal como para que interviniese una tercera persona.

Incluso una tercera persona que hubiera hecho el amor con Rogan esa misma mañana.

–No sé si debo hacerlo…

–¿Por qué no? –él se volvió para mirarla–. ¿No quieres saber lo equivocado que he estado durante todos estos años?

Había estado equivocado sobre su padre, sobre su madre. Sobre todo.

Suspirando, volvió a tomar la carta y empezó a leer:

–«Querido Rogan, mi más profunda pena es que tú y yo hayamos estado distanciados todos estos años, pero no podía ser de otra manera. Yo no quería empañar los recuerdos de alguien a quien los dos queríamos tanto. Era mejor, decidí hace mucho tiempo, dejarte pensar mal de mí. Tu madre fue, y siempre será, el amor de mi vida. Me enamoré de ella el día que la conocí y seguí amándola hasta el día que murió. Con un poco de suerte, ahora me habré reunido con ella, sinceramente espero que así sea. Estos años sin Maggie han sido más difíciles de lo que puedas imaginar, más difíciles aún porque no te tenía a mi lado. Tal vez ahora que eres mayor puedas entender por qué ha tenido que ser así, hijo. Y yo debo aceptar mi parte de responsabilidad por los problemas que tu madre y yo tuvimos cuando nos mudamos a Inglaterra. Yo estaba siempre trabajando y dejaba a Maggie sola… en tales circunstancias se cometen errores. Enfrentado a la verdad de esos errores, no hay más remedio que empezar otra vez, perdonar y olvidar u olvidarnos de las personas a las que más queremos. Yo decidí perdonar y olvidar».

Rogan levantó la mirada.

—¿Es que no lo ves? Fue él quien decidió olvidar y perdonar lo que ella había hecho, no al revés.

Sí, Elizabeth se daba cuenta. Demasiado bien. Porque quisiera o no, la carta de Brad revelaba que no había sido él quien había tenido una aventura durante su matrimonio sino su mujer. Que aunque Brad había olvidado y perdonado, era la propia Maggie quien no había podido vivir con el sentimiento de culpa…

El siguiente párrafo de la carta mostraba que Brad no había querido que su hijo lo supiera…

—«Pero tal vez he dicho demasiado. Mi único deseo al escribirte esta carta, hijo, es decirte cuánto te quisimos tu madre y yo y lo orgullosos que estábamos de ti. Siempre con cariño, tu padre».

La voz de Rogan se rompió al terminar la lectura.

—¡Maldita sea! ¿Por qué no me lo contó antes de morir? ¿Por qué no me dio la posibilidad de reconciliarme con él?

En vista de las dudas que había expresado antes sobre cómo había juzgado a su padre, ¿qué podía decir ella?

–Lo siento mucho, de verdad.

Rogan sentía como si algo duro apretase su pecho, impidiéndole respirar, impidiéndole hacer nada más que recordar aquella terrible discusión con su padre quince años antes, sus acusaciones, los años de olvido y distanciamiento...

Y se había equivocado. Había estado totalmente equivocado.

Y tendría que lidiar con ese error como su padre había lidiado con su pena durante todo esos años: solo.

–Imagino que ya habrás hecho la maleta.

–Sí, pero... –Elizabeth tragó saliva–. ¿Estás bien?

Esa era una cuestión con la que Rogan no podía lidiar en aquel momento. Tenía demasiadas cosas en qué pensar.

–¿Por qué no iba a estar bien? –contestó, irónico–. Todo aquello en lo que creía se ha hecho pedazos... ¿qué más da? Como dice mi padre, todos cometemos errores, ¿no?

Elizabeth se daba cuenta de que intentaba esconder el dolor que sentía, que esa era su manera de escudarse para no mostrar emoción.

Si las cosas fueran diferentes entre ellos... si Rogan pudiese amarla como lo amaba ella. Entonces podría abrirle sus brazos, consolarlo.

Pero eran dos extraños, dos personas que se habían visto obligados a estar juntos por las circunstancias y que habían tenido intimidad una vez. Y Rogan no podía haber dejado más claro con ese «habrás hecho la maleta» que prefería decirle adiós.

–No, aún no he hecho el equipaje, pero estaba a

punto de hacerlo –contestó–. Si decides que quieres seguir adelante con el catálogo de la biblioteca, puedo recomendarte a alguien...

–Es demasiado pronto para pensar en lo que voy a hacer –la interrumpió él.

Parecía tan triste, tan solo, que Elizabeth tuvo que hacer un esfuerzo sobrehumano para no ofrecerle sus brazos. Estaba segura de que rechazaría su consuelo.

–Ya me lo imaginaba. Tal vez prefieras que no vuelva a importunarte antes de irme.

–¿Importunarme? –repitió Rogan, incrédulo–. Elizabeth, tú me has estado importunando desde el día que nos conocimos.

–Lo siento...

–Yo también lo siento. No sabes cuánto.

No había nada más que decir, pensó Elizabeth, angustiada.

Rogan estaba totalmente centrado en sus problemas y ella se marcharía pronto.

Todo había terminado.

–Voy contigo.

Elizabeth estaba haciendo la maleta y se dio la vuelta, sorprendida. Rogan estaba en la puerta de la habitación que había ocupado durante su estancia en la casa Sullivan.

–¿Perdona?

Él entró en el dormitorio, con las manos en los bolsillos del pantalón.

–He dicho que voy contigo.

–¿Adónde?

–No tengo ni idea. Imagino que donde viva tu padre.

–¿De qué estás hablando? –exclamó Elizabeth, perpleja.

Y Rogan entendía su perplejidad porque no había sido precisamente amable con ella una hora antes. Aunque no debería haber pagado su frustración con ella porque la situación era algo que Elizabeth no podía cambiar.

Le seguía pareciendo difícil aceptar lo que su padre había hecho después de que su mujer se quitase la vida quince años antes. Los secretos que había guardado durante todo ese tiempo para proteger al amor de su vida habían provocado que ellos dos se distanciasen durante quince años, y eso era algo que no podría recuperar nunca. Pero también se daba cuenta de que al proteger el secreto de su madre lo había estado protegiendo a él. Aunque le hubiera costado quince años de soledad.

Fragilidades humanas. Todos eran frágiles.

Su padre lo había sido por amar tanto a Maggie, que habría hecho lo que fuera por proteger su recuerdo. Rogan lo había sido por poner a su madre en un pedestal y culpar a su padre de todo. Y Maggie, tan encantadora siempre, tan dulce, por sentirse tan culpable, que prefirió quitarse la vida antes que seguir viviendo con el sentimiento de culpa por haber engañado a su marido con otro hombre.

Y una vez aceptado todo eso, también se había dado cuenta de que Elizabeth podría abrir la caja de Pandora.

–Voy contigo a visitar a tu padre.

–Pero… ¿por qué?

–¿Tan difícil es entender que alguien debería ir contigo para apoyarte si descubres que tu padre es tan malo como crees?

¿Por qué haría eso por ella?, se preguntó Elizabeth. No tenía sentido… claro que nada tenía sentido en su relación con Rogan Sullivan.

Y, sin embargo, se había enamorado de él.

–No, gracias, no creo que sea necesario. Mi padre vive en Surrey ahora… a muchos kilómetros de Cornualles.

–En este momento ir a Surrey me apetece mucho más que quedarme aquí.

Ah, no quería quedarse solo en la casa Sullivan, con los recuerdos de sus padres.

–Es muy amable por tu parte, pero…

–Tú me has ayudado hoy, Elizabeth –la interrumpió él–. Y yo quiero devolverte el favor, eso es todo.

¿Eso era todo?, se preguntó. Sí, claro. Y si quería que fuera otra cosa… por ejemplo, que Rogan no quisiera separarse de ella, estaría engañándose a sí misma.

–Me alegro de haberte ayudado.

–Pues deja que haga lo mismo por ti entonces. Además. Si está muy lejos, podemos hacer turnos para conducir –insistió él al ver que estaba a punto de protestar.

Unas protestas que no servirían de nada porque había decidido ir con ella y no había más que hablar.

–Rogan, soy perfectamente capaz de ir a Surrey sin ayuda de nadie.

–Por favor, deja de discutir. Acepta que has conocido a alguien tan testarudo como tú y ya está.

Elizabeth lo miró, perpleja.

–Que me niegue a ir contigo no tiene nada que ver con ser testaruda.

–¿Ah, no? ¿Entonces con qué tiene que ver?

–No puedes limpiar tu conciencia forzándome a aceptar tu ayuda… –Elizabeth no terminó la frase, avergonzada.

–¿Y por qué crees que tengo mala conciencia?

–Por el error que cometiste con tu padre.

–¿De verdad?

Elizabeth sintió que le ardía la cara.

–De verdad.

–Mentirosa –murmuró Rogan–. ¿Lamentas lo que ha pasado esta mañana?

Pues claro que lamentaba lo que había ocurrido esa mañana. Como lamentaba haberse enamorado de un hombre sabiendo que él no podría amarla nunca.

–Mira, es mejor que no enredemos más el asunto hablando de lo que ha pasado esta mañana.

–¿Qué asunto? –insistió él.

Elizabeth lo miró, exasperada. ¿Por qué tenía que ser tan guapo? ¿Tenía que ser él precisamente el único hombre que había logrado romper las barreras que había levantado para proteger sus emociones?

–¡Que no necesito que me acompañes para ver a mi padre!

–Muy bien, entonces iré contigo solo para acompañarte durante el viaje y esperaré en el coche mientras hablas con él.

–Pero...

–Seguramente Surrey es un sitio muy bonito en esta época del año.

–¡Cornualles es más bonito!

–Ya conozco Cornualles, pero no conozco Surrey –Rogan se encogió de hombros.

Estaba decidido a ir con ella, pensó Elizabeth, frustrada.

Y, en el fondo, a pesar de todos sus recelos, se sentía secretamente aliviada por no tener que decirle adiós inmediatamente.

Ojalá nunca tuviese que decirle adiós.

Capítulo 12

ASÍ que ahora, junto con el resto de los hombres de la unidad que lograron salvar la vida en la última misión, tengo un negocio en Washington que se llama Seguridad RS –le contó Rogan.

Había estado hablando sin pausa durante media hora, desde que Elizabeth le había dado indicaciones para entrar en Londres. De hecho, no había parado de hablar desde que salieron de la casa de Leonard Brown, en Surrey.

Todo para darle tiempo a que decidiera qué sentía sobre esa última visita a su padre...

–Nos dedicamos a muchas cosas –siguió Rogan–. Seguridad para empresas, particulares... ordenadores también, por supuesto. Incluso localizar perros perdidos...

–¿Perros perdidos? –lo interrumpió ella.

Rogan sonrió. Era la primera vez que Elizabeth respondía desde que tomaron la autopista.

–Bueno, por el momento no, pero si alguien me lo pidiera seguramente lo haría.

Elizabeth sabía muy bien lo que estaba haciendo; sabía que estaba intentando distraerla hablando de cualquier cosa salvo de la visita a su padre.

Había sido una visita incómoda y, además, no había servido para exculpar a Leonard Brown de todo lo que Elizabeth lo creía culpable con relación a su matrimonio y a su madre.

Lo que había conseguido, sin embargo, era saber que había encontrado la horma de su zapato en su segunda esposa, Cheryl. Rubia y guapa, veinte años menor que él, Cheryl mantenía al frívolo Leonard bien sujeto. Tanto, que dudaba que su padre tuviera tiempo para mirar a otras mujeres.

Pero esa visita la había ayudado a verlo a través de los ojos de un adulto y no los de la niña herida que había sido diez años antes…

Seguía siendo guapo, encantador y egocéntrico; alguien que solo pensaba en sí mismo. De hecho, seguía siendo todo aquello que lo había convertido en un marido desastroso.

Pero tal vez si su madre hubiera sido más como Cheryl, segura de sí misma y lo bastante fuerte como para buscar al hombre que quería y conservarlo… entonces el matrimonio podría haber sido muy diferente.

Leonard seguía siendo todo lo que Elizabeth había pensado que era, pero sobre todo era débil. Un hombre que durante años había alimentado su ego teniendo aventuras con muchas mujeres.

Era decepcionante, pero aquello la había liberado de una manera que nunca hubiera creído posible. La rabia y el resentimiento que había experimentado durante toda su vida adulta habían desaparecido y ahora solo sentía pena por el hombre débil y superficial que era.

Al contrario que Rogan, tan fuerte y seguro de sí mismo. Él era todo, y más, de lo que Elizabeth pudiera buscar en un hombre.

Una cosa que había aprendido de su visita era que no iba a dejar que el hombre al que quería se fuera de su vida sin decirle al menos lo que sentía por él.

–De modo que no eres tan mal bicho como quieres hacerle creer a la gente –le dijo, volviéndose en el asiento.

–¡Pero bueno! Esa es una frase que no hubiera esperado escuchar de labios de la seria doctora Brown.

Elizabeth se encogió de hombros.

–Yo también veo películas.

–Y lees novelas de vampiros.

–Novelas de vampiros guapos –lo corrigió ella–. Si vamos a hablar de ellos, es mejor que seamos precisos.

–Ah, a mí me gusta mucho la precisión. ¿Pero qué quieres decir con eso de que no soy tan «mal bicho» como quiero hacer creer a la gente?

–Para empezar, cuando te diste cuenta de lo que había hecho la señora Baines te encargaste de solucionarlo discretamente, sin llamar a la policía y sin provocar un escándalo. Segundo, empiezo a sospechar que eso de que tu padre dejó encargado en su testamento que la señora Baines tuviera una pensión vitalicia no es verdad.

Rogan apretó los labios.

–Sin duda lo hubiera hecho de haberlo pensado.

–Sin duda –asintió Elizabeth–. Tercero…

–¿Cuántos números hay?

–Unos cuantos –bromeó ella.

–Entonces sugiero que paremos un momento para comer algo y así me lo contarás con más tranquilidad. Llevamos viajando casi todo el día y tu padre, que por cierto te llama Liza, y tu madrastra no parecían inclinados a invitarnos a cenar. Y yo estoy muerto de hambre.

Si quería cambiar de tema había sido muy efectivo, pensó Elizabeth. Además, también ella tenía hambre.

–Muy bien, hay un restaurante chino estupendo a la vuelta de la esquina.

–¿Cómo lo sabes? –preguntó Rogan.

–Yo vivo a tres manzanas de aquí.

–¿Las indicaciones que me has dado eran para llegar a tu casa?

–¿Algún problema? –preguntó ella, levantando una ceja.

Sí, Rogan tenía un problema.

Acompañar a Elizabeth a visitar a su padre era una cosa… y se alegraba de que ella estuviera tan animada a pesar de que Leonard Brown era una persona superficial y su madrastra, una mujer desagradable, pero ir a su apartamento no entraba en sus planes.

Aunque no estaba absolutamente seguro de cuáles habían sido sus planes cuando insistió en acompañarla a Surrey.

–Relájate, Rogan –bromeó Elizabeth mientras se movía por la cocina sacando platos y cubiertos.

El apartamento había sido una sorpresa para él. Como le había dicho, no era un lujoso ático y tampoco era un apartamento de lujo en una de las mejores zonas de Londres, sino un piso bajo en una antigua casa victoriana. Las habitaciones eran grandes y espaciosas, de techos altos, pero era un sitio anticuado y los muebles viejos y cómodos en lugar de caros y modernos.

Y a Rogan le encantaba aquel sitio.

Aunque seguía sin saber qué hacía allí con ella. Especialmente con una Elizabeth que parecía menos a la defensiva que otras veces.

Ella lo miró abiertamente mientras se sentaban a la mesa y empezaban a comer y Rogan se inclinó un poco hacia delante, bajando la mirada.

¿Lo había puesto nervioso invitándolo a su casa?, se preguntó. Eso esperaba, desde luego.

—Estaba pensando darle a mi padre parte del dinero de mi herencia. ¿Qué te parece?

Rogan enarcó las cejas, sorprendido.

—Yo creo que es asunto tuyo —contestó.

—Estoy pidiendo tu opinión.

—¿Por qué no sigues con eso de los números mientras yo me lo pienso?

—Muy bien —sonrió Elizabeth—. Estábamos en el número tres, ¿te acuerdas?

—Tú y tu mente metódica…

—Bueno, número tres: estuviste en el ejército, en la división de operaciones especiales hace ocho años, pero te hartaste de todo cuando la mayoría de tu unidad murió durante una misión hace cinco años. Dejaste el ejército entonces, junto con los otros cinco hombres que sobrevivieron, y juntos os fuisteis a Nueva York durante un tiempo, pero luego os mudasteis a Washington.

—Ah, veo que estabas escuchándome en el coche.

—Pues claro que estaba escuchando —sonrió ella—. Y en cuanto a tus cicatrices...

—Un recuerdo de la última misión.

—¿Qué pasó?

—No puedo hablar de ello, en serio. Solo puedo decir que se cometieron errores, muchos errores. Nos tendieron una emboscada y la mitad de mis hombres murieron antes de que pudiéramos completar la misión.

—¿Y la otra mitad, Ace, Grant, Ricky... todos ellos están en Washington trabajando para ti?

—Trabajan conmigo no para mí.

—Y ahora llegamos a Ricky, alguien que te importa lo suficiente como para intentar que no salga con una mujer que no es buena para él.

—Para eso están los amigos —contestó Rogan—. A ver, el siguiente número.

—La mujer que intentaba ponerse en contacto contigo el otro día. Yo pensé que era... bueno, pensé que era tu novia o tu pareja.

—Meg Bailey es una piraña que te clavaría un cuchillo por la espalda si pudiera. Y preferiría acostarme con una piraña antes que hacerlo con ella.

—Ah, ya entiendo —rio Elizabeth, aliviada al saber que Meg Bailey no era lo que ella había pensado—. Si no es tu novia, ¿quién es?

—Es la directora de Langley, la empresa que nos encarga trabajos de seguridad privada.

–¿Qué clase de trabajos?

–Normalmente secuestros y situaciones en las que hay rehenes. ¿Satisfecha?

Elizabeth no estaba satisfecha en absoluto y se le encogía el corazón al pensar que Rogan y sus socios arriesgaban la vida en esas misiones.

Pero entonces se le ocurrió algo…

Su madre no había aceptado al hombre con el que se había casado tal y como era. En lugar de acompañarlo en sus viajes o haberse interesado por las cosas que hacía, había intentado cambiarlo, convertirlo en el tipo de hombre que ella quería: un hombre que se quedara en casa con su familia. El tipo de hombre que Leonard Brown no podía ser.

Esa era otra cosa que había aprendido aquel día; la gente podía cambiar si ese era su deseo, pero otra persona no podía cambiar a nadie ni debía intentarlo jamás.

Rogan era el hombre que era, peligro incluido.

De hecho, era un peligro con letras mayúsculas.

Y Elizabeth lo quería tanto que le dolía.

Rogan estaba observándola, viendo en su rostro la sorpresa al saber a qué se dedicaba, la angustia. ¿Había en su expresión cierto disgusto?

–¿Sigues pensando que no soy tan malo? –bromeó, apartando su plato.

¿Cómo se le había ocurrido hacer el amor con ella? Llevar a una mujer como Elizabeth Brown, una persona inteligente, elegante y educada, a una vida como la suya… a los bajos fondos que a veces tenía que visitar. No, debía estar loco.

Rogan se levantó abruptamente.

–¿Qué haces? –preguntó ella, levantándose a su vez.

–Cuando te dije que iría a Surrey contigo olvidé que necesitaría un medio de transporte para volver a Cornualles... es demasiado tarde para alquilar un coche, así que voy a buscar un hotel.

–Puedes quedarte aquí.

–No, mejor no, Elizabeth.

–¿Por qué no?

¿Por qué no? Porque si se quedaba allí no podría dormir en el sofá sabiendo que ella estaba a unos metros.

–Sobre la pregunta que me has hecho antes, sobre lo de darle parte de tu herencia a tu padre...

–Estoy totalmente de acuerdo contigo. Si lo hiciera, podría meter la pata y no quiero entrometerme en su vida.

–¿Cómo sabías lo que iba a decir?

–De la misma forma que tú sabes que dentro de unos minutos estaremos juntos en la cama –contestó ella–. Te conozco, Rogan. Por ejemplo, sé que ahora mismo lo único que quieres es marcharte de aquí, alejarte de mí, alejarte de la tentación de acostarte conmigo.

Él cruzó los brazos sobre el pecho.

–Eres un poco arrogante, ¿no?

–No, la verdad es que no –sonrió Elizabeth–. Sé que me deseas, pero no sé lo que sientes por mí y la verdad es que me da igual –añadió, dando un paso adelante–. Por el momento es suficiente con que me desees y que yo te desee a ti.

Rogan tuvo que contener un gemido. Ninguna

mujer debería tener unos ojos tan azules o una
boca que parecía suplicar ser besada. Y, desde luego, no debería tener un cuerpo lleno de curvas por
las que un hombre podría matar.

Que mataría por poseer una vez más.

Pero estaba ansioso por ella, hambriento. La
necesitaba con la misma desesperación con la que
un drogadicto necesitaba una dosis y, sin pensar, la
tomó entre sus brazos para acariciar su espalda,
sus pechos, su trasero, su pelo...

—¿Qué voy a hacer contigo, Elizabeth?

—¿Qué quieres hacer conmigo? —musitó ella,
con voz ronca.

—Quiero secuestrarte y llevarte conmigo a Estados Unidos. Quiero encerrarte en una habitación y
convertirme en tu esclavo hasta que te canses de
mí.

—¿Y luego?

Rogan rio, dando un paso atrás.

—No habrá un luego. Probablemente te pondrías
a gritar si intentase sacarte de aquí.

—Prueba a ver.

—Elizabeth...

—Prueba a ver, Rogue —insistió ella.

Estaba luchando por lo que quería y usaría los
medios que estuvieran a su disposición para conse-
guirlo. Tal vez solo durante un mes o una semana.
Ah, pero qué semana o qué mes serían esos.

—¿Y si pusiera una condición para llevarte a Estados Unidos conmigo?

—¿Qué condición?

—Una que no te va a gustar mucho.

–¿Qué condición, Rogue? –insistió Elizabeth–. Aunque te garantizo que estaré de acuerdo.

–¿Tanto te gusta hacer el amor conmigo?

Ella dejó escapar un suspiro.

–Me gusta mucho hacer el amor contigo –dijo luego–. Pero es mucho más que eso.

–¿Mucho más?

–Mucho más.

–¿Lo suficiente como para casarte conmigo?

–¿Lo suficiente…? –Elizabeth lo miró, buscando en sus ojos una señal de que estaba bromeando. Y no la encontró–. No tienes que casarte conmigo, Rogan.

–Ya sé que no tengo que casarme contigo. No tengo que casarme con nadie y menos con la heredera Britten.

–Si tanto te molesta, le daré todo mi dinero a una causa benéfica.

–Puedes hacer con tu dinero lo que te dé la gana. No me interesa en absoluto. Tíralo, inviértelo en un fideicomiso para nuestros hijos…

–¿Nuestros hijos? –repitió ella, incrédula pero encantada de que Rogan quisiera tener hijos.

–Hijos, sí. Estoy seguro de que entre los dos podremos hacerlo mucho mejor de lo que lo hicieron nuestros padres.

–Eso me gustaría mucho, Rogue.

–¿El procedimiento para hacerlos o los propios hijos? –bromeó él.

–¡Las dos cosas!

–A mí también. En cuanto al dinero… antes de morir mi padre, yo había ganado suficiente como para mantener a una familia durante el resto de mi vida.

–¿Entonces por qué te enfadaste tanto al saber quién era?

–No estaba enfadado... era, no sé una cosa de hombres imagino –dijo Rogan, incómodo–. No solo eras una respetada doctora, también era más rica que el rey Midas. ¿Qué podría yo ofrecerte?

–¡A ti! –exclamó Elizabeth–. Solo te quiero a ti, Rogan.

–Yo te he querido desde la noche que nos conocimos.

–¿En serio?

–Me arrebataste el corazón, doctora Brown. Y fui a Surrey contigo hoy porque no podía soportar la idea de no volver a verte. Pero no sé qué va a hacer una doctora de Historia en Washington.

–No creo que eso sea un problema –rio ella–. De hecho, la cuestión es: ¿qué va a hacer Rogue Sullivan con una esposa?

–Ah, eso es fácil. Voy a quererte durante el resto de mi vida, por supuesto.

Elizabeth tuvo que contener el aliento.

–¿Me quieres de verdad?

–Pues claro que sí. ¿Por qué crees que deseo casarme contigo? –sonrió él–. Yo no quería enamorarme. No pensé que podría pasarme a mí, pero supe que estaba metido en un lío la noche que me atacaste con el libro.

–¡Pensé que eras un ladrón! –se excusó ella, riendo.

–Más razones para admirarte –dijo Rogan–. No todo el mundo se atrevería a enfrentarse con un ladrón estando en una casa tan solitaria. Luego te dedicaste a criticar mi vida, mi forma de vestir... todo lo mío. Y después hiciste el amor como una tigresa.

–¡Rogan!

–Y a mí me encantó, Beth. Tanto que espero que hagas el amor conmigo cada noche durante el resto de nuestras vidas. Bueno, ya está, ya lo he dicho –Rogan hizo una mueca después de desnudarle su alma–. Te amo, Elizabeth Brown. ¿Quieres casarte conmigo, venir a Washington y pasar el resto de tu vida a mi lado?

Los ojos de Elizabeth se nublaron.

Ella sabía que eran una pareja extraña. Una mujer que había elegido sumergirse en los libros durante casi toda su vida adulta y un exmilitar que seguía vistiendo como si lo fuera y que vivía situaciones de peligro por culpa de su trabajo.

Sí, en la superficie no tenían nada que ver. Pero por dentro, donde importaba, ella sabía que estaban hechos el uno para el otro.

–Sí, Rogan Sullivan, me casaré contigo –respondió, feliz–. Me casaré porque yo también te amo –dijo luego, echándose en sus brazos.

Rogan la llevó en brazos al dormitorio y después de dejarla sobre la cama se tumbó a su lado, tomando su cara entre las manos para mirarla a los ojos.

–Te prometo que mi amor por ti durará toda la vida, Beth.

–«Toda la vida» suena perfecto, Rogue.

Toda la vida con Rogan Sullivan era todo lo que Elizabeth quería.

Una noche…
un secreto que lo cambiaría todo…

Bastaba con ver al guapo y sofisticado Benedict Warrender para que Lily Gray, que siempre se había considerado la más fea del baile, se ruborizase. Pero el destino había hecho que coincidiese con él y, desde entonces, lo que hacía que le ardiesen las mejillas eran los recuerdos de la noche que habían pasado juntos. Una noche que le había cambiado la vida.

Lily se había marchado sin hacer ruido al enterarse de que Benedict estaba comprometido con otra mujer, y había lidiado con las consecuencias de aquella noche ella sola. Tres años más tarde, Benedict había descubierto su secreto. Y Lily se había preguntado si Benedict estaría dispuesto a sacrificarlo todo por el bien de su hija.

SU HIJA SECRETA
KIM LAWRENCE

Acepte 2 de nuestras mejores novelas de amor GRATIS

¡Y reciba un regalo sorpresa!

Oferta especial de tiempo limitado

Rellene el cupón y envíelo a

Harlequin Reader Service®
3010 Walden Ave.
P.O. Box 1867
Buffalo, N.Y. 14240-1867

¡Sí! Por favor, envíenme 2 novelas de amor de Harlequin (1 Bianca® y 1 Deseo®) gratis, más el regalo sorpresa. Luego remítanme 4 novelas nuevas todos los meses, las cuales recibiré mucho antes de que aparezcan en librerías, y factúrenme al bajo precio de $3,24 cada una, más $0,25 por envío e impuesto de ventas, si corresponde*. Este es el precio total, y es un ahorro de casi el 20% sobre el precio de portada. ¡Una oferta excelente! Entiendo que el hecho de aceptar estos libros y el regalo no me obliga en forma alguna a la compra de libros adicionales. Y también que puedo devolver cualquier envío y cancelar en cualquier momento. Aún si decido no comprar ningún otro libro de Harlequin, los 2 libros gratis y el regalo sorpresa son míos para siempre.

416 LBN DU7N

Nombre y apellido	(Por favor, letra de molde)	
Dirección	Apartamento No.	
Ciudad	Estado	Zona postal

Esta oferta se limita a un pedido por hogar y no está disponible para los subscriptores actuales de Deseo® y Bianca®.
*Los términos y precios quedan sujetos a cambios sin aviso previo.
Impuestos de ventas aplican en N.Y.

SPN-03   ©2003 Harlequin Enterprises Limited

Deseo

ZACH

Rico, sexy y soltero

JULES BENNETT

El famoso arquitecto y consuma-
do playboy Zach Marcum sabía
exactamente cómo conseguir lo
que quería: tanto en el trabajo
como en el dormitorio. Hasta
que la sexy, independiente e imposible de ignorar Ana Clark
irrumpió en su vida. Su empresa
constructora podía convertir un
proyecto de complejo turístico en
una realidad multimillonaria, pero
él no podía arriesgarse a que
aquella sirena dedicada por en-
tero a su carrera profesional de-
rribara sus defensas. Descubrir que era virgen no hizo sino
aumentar el atractivo de su seducción, mientras Zack atra-
vesaba la línea que separaba los negocios del placer.

¿Todo trabajo y nada de diversión?

¡YA EN TU PUNTO DE VENTA!

Bianca

Una mujer despechada, un recién descubierto marido, una fogosa reconciliación...

La experta en arte Prudence Elliot se quedó pasmada cuando un nuevo trabajo la llevó a reencontrarse con Laszlo de Zsadany, el irresistible hombre que pasó por su vida como un cometa, dejándole el corazón roto a su paso. Lo más sorprendente fue descubrir no solo que Laszlo fuese millonario, sino que además era legalmente su marido. Prudence era una adicción contra la que Laszlo no podía luchar, pero pensaba que la pasión que había entre los dos pronto se consumiría... sin embargo, pronto se vería obligado a admitir que el deseo que sentía por su mujer era un incendio fuera de control.

PASIÓN HÚNGARA
LOUISE FULLER